KB044840

서서, 울고 싶은 날이 많다

서서, 울고 싶은 날이 많다

민윤기 시집

스타북스

일흔두 편의 시와

서른일곱 살 무렵에 쓴

네 편의 일기와

요즈음 쓴 아홉 편의

산문을 수록하였습니다.

시인의 말

가나다라 순으로 시집을 구성하였습니다.
물론 제1부 제2부 같은 건 없습니다.
시 제목의 첫 글자를 따라 시를 만나십시오.
여느 시집처럼 평론가의 '평설'도 없습니다.
독자 여러분의 느낌이 바로 '평설'입니다.
또 시집에 처음 수록하는 작품들이지만,
서른일곱 살 무렵에 쓴 시와 이십대 때 베트남에
파병되어 병사로 근무하면서 쓴 참전시도
수록했습니다. 여러 잡지에 발표했었는데
제가 제대로 스크랩을 하지 못해 유실되었던
작품으로, 우연히 헌 책방에서 권영민 교수가
1990년에 펴낸 『한국현대문인대사전』에서
발표 목록을 확인하고는 국립중앙도서관
서고를 뒤져 그 작품들을 찾아내 죽은 자식
살아온 것만큼 반갑고 버릴 수 없어
수록하였습니다. 다시 읽어 봐도 그 작품을 쓰고
발표했던 삼, 사십 년 전과 지금의 세상 형편이
별로 달라지지 않았다는 사실이 울고 싶을
따름입니다. 그밖에는 2017년 세 번째 시집
『삶에서 꿈으로』 이후의 작품입니다.

2019년 초여름 민윤기

차례

사

아

자

차

타

파

하

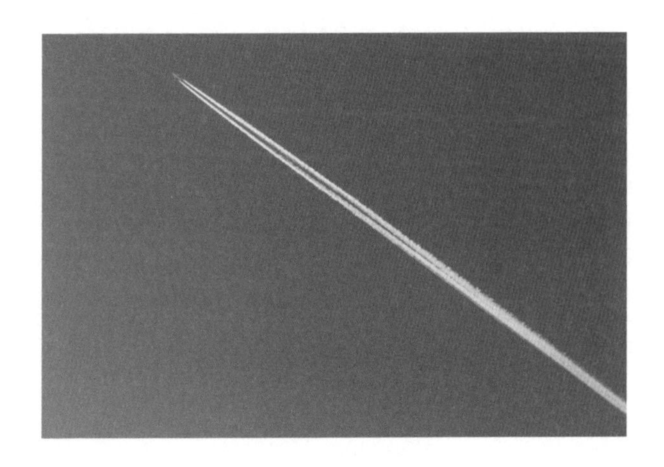

가

가을과 놀고 있습니다

가을과 놀고 있습니다
상원사 절 마당 낙엽도 실컷 밟아 보고
북악산 위 파란 하늘도 한껏 쳐다보고
그 하늘의 주민인 구름과도 통화합니다

가을도 나를 가지고 놀고 있습니다
내 마음속에 허무의 풍선 하나 들여놓고
그 풍선 터지라고 자꾸 불어대고 있습니다

지난여름 내내 내 영혼의 창고는 양식으로 채워졌는데
몸은 오히려 새털구름처럼 가벼워졌습니다

그런데 걱정이 생겼어요, 하나님
시 한 줄 쓰려는데 말(言)이 살이 쪄서
무한 창공 망량 허공 날아다니기가 힘들답니다

가키사키柿崎*에서

백석白石의 흔적을 찾으러
가키사키의 바다에 가보았더니
하늘에는 희끄므레한 반달이 하나
나를 내려다보고 있다
쓸데없는 짓 하지 마라
넘어오는 파도 소리 속에
섞여 들리더라 평안도 사투리로
평안도 사투리로

백석이 며칠 묵었던 어부 집은
아직도 참대를 꿰어 잡은 고기를 말리고
죄다 민숙民宿 간판을 달고
바람난 손님을 받더라

이즈伊豆 반도 끄트머리에서
바람에 묻힌 파도 속으로
시인의 객기客氣는 맥을 죽이더라

*백석 시인이 일본 아오야마학원 다닐 때 여행한 포구

개무시한다는거지* –경계의 확대를 위해서

이상은띄어쓰기를무시하고시를쓴게아니야띄어쓰기하지않는게
당시국어였던일본어배운대로한것뿐야내가띄어쓰기하지않고이
시를쓰는건국어정서법개무시하자는게아냐동작을줄이기위해서
야띄어쓰지않으면엔터키를하나덜쳐도돼말하자면뜰이있고골목
이있고집과집사이마을과마을사이숲이있고강이흐르고전봇대가
있고마을버스가다니는정해진출근시간과퇴근시간과회장사장상
무국장부장과장계장대리정규직임시직계약직에스컬레이터를타
도숨차상식과예절의그물이촘촘한듯하면서도구멍숭숭뚫려있는
세상은너무외로워괴롭다가괴로움그립다가그리움슬프다가슬픔
으로뿔뿔이흩어져있는세상이다다닥다닥좀답답하기는하지만아
파트다세대주택빌라열세평이하공간이면어때인간과인간거리없
이정지신호없이서로밀착한채빨고핥고느끼고만지고껴안고살아
야하거든인생참지루하다아니찌질하니까누구라도붙들고무엇이
라도기대고살아야해띄어쓰기하다보면다놓쳐

*이 상李箱처럼 띄어쓰기를 무시해본다는

거꾸로

다이문때분는주라몰음마내봐나졌빠에랑사짝다하상속데근야거
는되면빼고빼고빼게하분가홀냥그냐안껴다게떻어까니되야아안
껴다스러이바일친폐적갖온워러더말정은셈덧아잖되면우지냥그
든거되면하산청다쉽은셈뺄다이셈뺄건는하아좋가내다는죽자혼
도때을죽론물다잔자혼도잠고먹자혼도밥다자재독는나래그다이
령통대까니우로외야이뿐길즐를재毒독라마지하고라재獨독야거는
하고다간로꾸거이들네니다니갑을길른바는나

고부리를 지나며 –전봉준 취재 중에

1

비는 내리고

전라북도 정읍군 고부면 고부리

버려진 야산野山들만 얌전히 엎드려 있고

날은 저문다 쓸쓸히 정처定處를 찾는다

바람은 떠나가고,

바람에 실려서 새소리 그친 마을에는

열 겹 스무 겹 돗자리 같은 어둠이 깔린다

곰소로 가는 완행버스에는

삼십 분 간격으로 찬밥 닮은 식은 얼굴들이

실려가고 실려온다 감옥처럼 지은

시멘트 농협 별관 창고 옆에는

무슨 이름의 특용작물이 자라는지….

2

으이구, 이 주책아. 약속은 무슨 약속

우리가 맹세는 무슨 맹세

손바닥 땅 뙈기나 부쳐 먹고,

콧구멍같이 답답한 이 양반아

으이구, 이 주책 체면은 무슨 체면

외상은 무슨 외상, 타령이나 작작 하슈

술타령이나 작작 허슈

이 삼남 이래봬도 술 인심 오지게 좋아서

바람은 무슨 바람, 으이구 이 주책아

국밥은 무슨 국밥, 시절은 무슨 시절 타령.

3

우리들이 머리 두고 잠드는 땅에

바람은 맨발로 뛰어 다니드라

고무공보다 더 잘 뛰노는 아이들도

이 땅에 머리 두고 편히 잠들드라

누가 알겠느냐 버려진 땅에

누가 다시 돌아와 주인이 되는지,

물로 씻겨지고 흘러가는 우리들의 살

흙으로 묻혀 버린 우리들의 뼈

우뚝우뚝 되살아났다가 돌아눕는

우리들의 땅

(1987년 2월)

고향친구 윤준이

광대뼈가 툭 튀어나온 내 친구 윤준이
논 닷마지기 밭 한 뙈기 허리가 벌써 굽어버린 그.
오랜만이다 손을 내밀어 만져 보니 논바닥만큼
마른 손이 나를 울려 주는 그.
그래도 다행이다 서른다섯에 장가도
들었으니, 어디 땅 파먹는 놈한테
시집을 오는 여자가 있냐. 벌써 딸 둘.

내가 아직 잠에 빠져 있을 때
그는 벌써 깨어 일어나 들에 나가 있다
태양보다 먼저 어둠 보다 더 일찍, 새벽보다
부지런히 빈 들판에 나가 사는구나.
그는 들판이 살아 움직이는 걸 본다고
했지만, 살아서 싱싱한 곡식들로 춤을 추는 걸
본다고 했지만, 찬란한 햇빛이 침묵보다도 더
무겁다, 연한 젖냄새가 나는 저녁도
허리가 더 빠지는 것 같아 보였다 그는.

공

내가 잠들면 세상이 시끄럽다
코골이가 심한가 보군요
누군가 묻는다 하하하 할 말이 많아서요

공을 쳐 보면 알지
땅에다 대고 힘주어 손으로 공을 쳐 보면
내려간 높이보다 훨씬 더 높이 튀어 오른다는 걸
맨유 시절 박지성 선수는 알았을까
공을 찰 때마다 생각보다 더 멀리 날아간다
왜 그렇게 똥볼이 되는지 알았을까

공을 받아 보면 알지
숨을 쉬는 공이 있다는 것
숨을 쉬게 해주어야 공도
말을 잘 듣는다는 것

광화문에서는

광화문에서는
역사가
일상처럼 지나간다

촛불을 들고
태극기를 흔들고

시대의
격랑이 흘러간 후
아무 일도 없는 것처럼
커피를 마시고
시집을 읽는다

시대의
열망과 증오

어느 편에도 서지 않았던 사람들과
어느 편에든 섰던 사람들은
버스를 기다리고

전철을 기다리며

헤어지고

또 만난다

광화문에서는

일상이

역사처럼 지나간다

굿바이

서울 동대문 근처에 우주선 한 척이 와 있다 야구는 구회말 투아웃부터야 온나라가 들썩들썩 고교야구가 열리던 그 야구장을 허물고 지은 건물이, 사람들이 디디피*라고 부르는 그 건물이, 사실은 태양계 밖 혹성 Q10833에서 내려온 우주선이다 이건 실화다 대박! 누구를 태우고 왔는지? 누구를 데려가려는지? 지구인들이 지금 꾸미는 음모가 무엇인지 조사하려고? 그 임무를 끝내고 언제쯤 지구를 떠날까? 나는 그것이 궁금해서 견디지 못하겠다 그래서 매일 그곳엘 간다 살금살금 그 건물 주위를 몰래 관찰하고 있다 오늘 아침 비로소 비밀을 찾아냈다 이 우주선의 정체 이 우주선의 비밀을 알아냈다 사람들이 모두 잠든 깊은 밤하늘의 별들이 가장 많이 빛날 때 그 별 빛을 모은 자력으로, 마치 마술사 데이비드 커퍼필드처럼 순간 이동으로 매일 이 우주선과 똑같은 우주선이 교대로 착륙하고 이륙한다는 사실을 알아냈다 그러나 어떻게 그 순간이동을 포착하고 그 사실을 확인했는지는 말하지 못하겠다. 사실은 나만 특별히 그 우주선을 타라는 초청을 받았기 때문이다 부럽지? 아아 어서 어서 빨리 빨리 소리 소문 없이 지구를 떠나고 싶다 그래서 나는 떠돌이별 지구인 최초로 우주의 시민이 되고 싶다 굿바이!

*서울 동대문 디자인 플라자

그날 같은 그날 -2018년 2월 1일 일기

여섯 시 십오 분에 일어난다 패터슨처럼 손목시계를 보지 않고 스마트폰 창으로 확인한다 15분간 신문을 읽는다 정치면 패쓰 스포츠면 한참 보고 편견으로 가득한 오피니언 페이지에 한동안 머물다가 신문을 팽개친다 10분간 화장실을 다녀오고 3분간 이를 닦고 나면 식탁으루 와 아내가 아침 먹자고 부른다 아내는 묵은 김치 돌미역 사골곰국 참치김치찌개 그리고 계란프라이를 왕관처럼 쓴 밥 한 그릇을 놓아 준다 그 밥에 그 나물이다 연중행사처럼 계속되어도 밥그릇을 비우고 다시 10분간 티비 앞에 앉는다 오늘 날씨 어떻대 아내를 보며 묻는둥 마는둥 대답은 기다리지 않는다 강추위가 계속되니까 옷을 든든히 하고 출근하세요 그리고 중부지방엔 눈소식이 있네요 또박또박 로봇처럼 읽어대는 기상 캐스터 말을 듣고 집을 나선다 현관엔 태풍 피하는 포구처럼 신발들이 어지러이 놓여 있다 이 신발들도 모두 출항을 기다린다 파도가 높지 않아야 할 텐데 손님이 많아야 할 텐데 아들아 나 먼저 간다 다녀오세요 아.버.지 자식 다 컸군 든든한 빽이 될 놈이야

옛날 초등학교 때 이렇게 일기를 쓰면 선생님에게 야단 맞는다 매일 반복되는 건 빼고 특별한 일만 쓰란다 그런데 반복되는 일상을 빼면 선지 뺀 선지국이잖아 살면서 특별한 일이란 가슴 철렁하는 일들 뿐이더라구 그날 같은 그날인 게 행복이지 뭐 인생 뭐 있냐 한 번 만나자는 전화를 했던 동창을 오늘 만나볼까 이 정권 들어 공직에서 물러났다지 아마

그리운 그대 –김수철에게

사랑이 떠난 마음 한구석은
쓸쓸한 간이역 같은 가을 냄새가 난다네
이별의 슬픔으로 가득 찬 내 한 몸은
아무리, 아무리 새하얀 물빨래로도
지워지지 않는다네
젊은 우리 사랑의 깊은 병에 걸려 있는 건
살아 있으므로 증명이 사랑 때문이라네
사랑 때문에 흘리는 눈물이 아름다운 건
그 사랑이 구원임을 믿기 때문이라네

사랑을 하는 동안만이라도
우리 가슴에 사랑초草 한 포기
우리 마음에 행복화花 한 송이
그대 가슴에 운명목木 한 그루
그대 마음에 인연근根 한 뿌리

심어 놓자 심어 놓자

그 청년

박사학위 받은 사람부터
알파벳 겨우 읽을 줄 아는
사람까지

초등학생 어린이부터
팔십 넘은 할아버지까지

밀밭농장 농군부터
합중국 정부고관까지

뉴욕 엘에이 시민부터
텍사스 깡촌 시골사람까지

다 읽을 수 있게 만들었다
쉽고 재미있게, 유익하게
국민잡지를 만들었다

미국의 리더스다이제스트 창간
드윗 윌리스 부부 같은
명편집장이 꿈이었다

그 청년
지금 시인으로 늙고 있다

기침소리

내 시는 왜 이렇게 추위를 타지?

작은 한기에도 콜록콜록

기관지 해소에 걸려 있지.

무기력하게 아주 작은 목소리로 말하고

그 소리에 놀라고 있지?

선언은 이슬로 너무 쉽게 흐려지고

이념은 얼굴 돌리며 마음속에 필터를 끼운다

나는 내 시 때문에 외투를 껴입는다

무감각하게, 아주 조금은 비겁하게

미소 지으며

어느 새 몇 해 봄이 지나갔다.

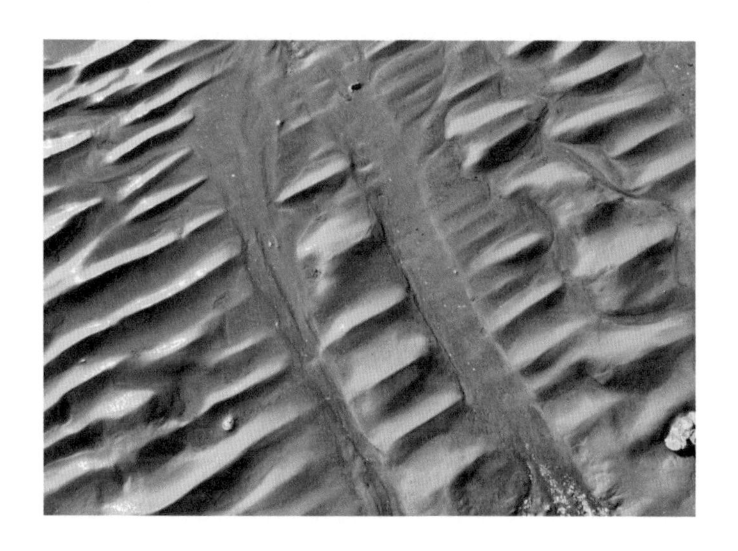

민윤기가
민윤기에게

'방탄소년단'은 대한민국 출신 7인조 보이그룹입니다. 세계에서는 'BTS'라고 부른답니다. 빌보드 인기차트 정상을 몇 번이나 정복했습니다, 앨범이 몇 십만 몇 백 만 장 팔렸는지 모릅니다. 음원 뷰 1억, 2억을 넘었습니다…. 이런 것들이 얼마나 대단한 기록인지는 모르겠습니다. 미식축구 결승전이 열린다는 로즈볼 공연에 육만 명의 팬들이 모여 아미밤을 흔들며 열광하는 것을 보니 그야말로 세계는 지금 방탄소년단의 전성기인 것 같습니다.

그런데 방탄소년단 멤버 중에 나와 이름이 같은 젊은이가 있습니다. 리드래퍼를 맡은 슈가 민윤기가 나와 이름이 똑같습니다. 오래 전 인터넷에서 민윤기를 검색하면 달랑 '시인 민윤기'만 떴었는데, 지금은 온통 슈가 민윤기만 있습니다. 나는 저 밑에, 숫제 눈에 띄지 않습니다.

하지만 섭섭하지 않습니다. 섭섭하기는커녕, 기분이 참 좋습니다. 세계적인 보이그룹 방탄소년단을 이끄는 훌륭하고 야심쌈쌈한 청년과 이름이 같다니. 그래서 나도 자주 민윤기를 검색하게 됩니다. 어떤 광팬이 이렇게 쓴 것을 봤습니다.

"우리 윤기씨는요 1993년 3월 9일에 태어나셔서 대구가 고향이십니다. 자신만의 음악 가치관이 뚜렷하고요 자신의 목표를 이루려고 하는 게 눈에 보여요. 아이돌과 래퍼를 다 봐도 민윤기 같은 사람 없어요. 과거도 되게 힘들었는데 살아 온 모든 시간이 헛수고 되지 않았고 열정과 노력이 들어 있어요. 데뷔 전 곡 팔아도 남는 게 없어 먹고 살아야 하니까 배달 알바 하다가 오토바이 사고로 어깨부상을 당하기도 했어요. 랩과 아이돌 사이에서 제일 크게 고민도 했어요. 자신은 그냥 작사 작곡이 하고 싶었대요. 결정 내린 게 사람들이 자신이 만든 노래를 들어 주는 것도 괜찮겠다 싶어 지금의 슈가가 탄생한 거예요. 자신이 겪은 우울증 대인 기피증 어깨부상 다 견뎌내고 포기하지 않고 온 것만으로도 충분히 배울 점이 많아요. 팬으로서 좋아하는 감정이 아닌 엄청 인생 선배로 생각하고 존경해요."

부디 민윤기와 방탄소년단이 롱런, 대성공 하여 우뚝 선 레전드 보이그룹으로 활동하기를 기원합니다. 청년 민윤기군, 대단해. 시인 민윤기 나도 힘내자.

나는 가끔 우주선을 타지

나는 우주선을 타지 가끔

지하철 일호선 종각역에서 내리면

우주선은 광화문 방향에서 나를 기다리는 빈 택시야

빈차라고 쓴 빨간 글씨가 신호등이야

빈차라는 글자가 유난히 진하고 반짝이는

빈 택시가 왜 내 앞에만 와서 설까 그냥 지나쳤는데

어느 날 유난히 반짝이는 빈차라고 쓴 택시가 섰어

운전사는 보이지 않고 목소리만 들렸어

우주선으로 모시겠습니다 나는 어어 하고 저항도 못하고

순식간에 블랙홀처럼 택시 속으로 빨려들어갔다

어디로요!

나는 지구 끝까지요? 바다를 보러가고 싶었어요!

준비된 멘트를 날리지 못했어 날개도 없으면서 택시는 날았어

참담한 지구를 떠나, 떠나, 떠나

그때부터 나는(오늘 처음 고백하는 거야)

우주선을 타고 우주여행을 하고 돌아왔다

내 핸드폰이나 사무실 전화번호로 전화했던 사람들은 눈치챘겠지

신호음이 이상하게 울리다가 끊기거나 내 대답 대신
알아들을 수 없는 이상한 말소리를 들었겠지

종각역 앞에서 우주선행 빈 택시를 타고 환승역까지는
캄캄했어 컴퓨터 먹통 같았지 맥박은 뛰지만 호흡은 할 수 없고
시간은 정지되지만 말랑말랑했지
지구밖 우주선 플랫폼엔 지구 금성 수성 화성 토성 목성 해왕성 천왕성 명왕성행
우주선이 아무 때나 출발해 떠났다가 돌아왔지
블랙홀 주위 시속 1광년 이하 저속금지 떠돌이별 외출 금지
이런 경고판이 있어 계기판은 1광년이 기본이다 드라이버도 없어 내가 가는 행성 속도는 내가 정한다

나는 우주선을 타지 아주 가끔
존재나 생각 따위, 시간이나 형체 같은 건 전혀 없는
별이름도 생각해낼 수 없는 그곳을 다니고 있다
무엇을 봤는지 어느 별이었는지 말할 수 없어 우주의 명령이야
다만 힌트를 드리자면 명왕성 밖이다 모든 행성이 푸르고

깊은데

지구만 뜨겁고 붉고 황폐하고 더러워 저게 지구야 돌아가기 싫어

나는 다시 빈 택시를 타고

부우웅!

나도 콜!

자연다큐만 찍고 있는 윤동혁 피디가 말했다
스웨덴인가 핀란드에선
아무 소리도 하지 않고 한 시간 내내
파도치는 바다풍경만 보여주는 방송프로가 있다고 한다
아니, 하루 종일 틀어주는지도 모르겠다고 덧붙였다

그거 좋겠다
이왕이면 바람소리 정도 곁들이면 좋겠다
인간의 소리 너무 많이 먹었다 음악도 시끄럽다

오늘 만난 망우리공동묘지 누워 있는
김상용 시인도 내 말에 동의할까

나의 노트 –봄 여름 가을 겨울

내 일기의 첫 구절은 봄이었다

내 소설의 첫 문장은 여름으로 시작하였다

나는 수필의 첫 단어에서 가을을 써먹었다

나는 지금 시의 첫 행에 쓴 겨울을 지우고

봄이라고 고쳐 쓰고 있다

노트는 아직도 여러 장 남아 있다

내가 가담하지 않은 전쟁 30

말해 버려야 했었어.

그러나 너는 그것을 노래하지 마라.

전사자의 죽은 성기를 보고

관자놀이가 뛰는 분노를 노래하지 마라.

전쟁은 교생실습이 아니라고,

불을 켜들고도 어둠이 되는

우리들의 주변을 말해야 했었어.

갈대소리로 잠행하는 적군이 잘라버린 어둠 속에

무수한 어둠인 채로 성긴 속눈썹의 우리들은

스스로 몸을 찢어 불로 타고,

이 동란 틈에서 난행하고 있는 거야.

어둠 속에서, 눈을 뜨겠다고 말하지 마라.

도강이 끝나면 다시 수색대가 온다고

나는 치열한 교전을 지켜보겠다고,

늑대 편에, 야수 편에 서 있겠다고

말해 버려야 했었어.

(1973년 10월)

내 몸을 팔아서 –연극 "전봉준"을 연습하면서

내 몸을 팔아서 말 한 필을 사자

내 몸을 팔아서 터 한 평을 사자

내 몸을 팔아서 사람 몇 명을 사자

내 몸을 팔아서 한 힘을 사자

내 몸을 팔아서 날선 칼을 사자

내 몸을 팔아서 뜨건 땀을 사자

내 몸을 팔아서

이 천덕꾸러기 쓰레기보다 더 하찮은

내 몸을 팔아서 성城 한 채 쌓는

불더미를 사자

그 말을 타고 들판을 달려보자

그 터에서 나라 세울 궁리를 하자

그 사람을 부려 절망을 다스리자

그 칼로 울타리를 모두 베어내자

그 땀으로 땀을 씻고

분명한 싸움부터 치르자

내 시가 한 사람을 살릴 수 있다면

내 시가

한 사람을 살릴 수 있다면

힘내라 포기하지 마라 당신은 할 수 있다

큰소리로 꼬드기며 들이대지 않겠다

내 시가

한 사람을 살릴 수 있다면

괜찮아 살아 봐 밑져야 본전이다

손잡고 작은 목소리로 속삭이지 않겠다

내 시가

한 사람을 살릴 수 있다면

알파고를 이길 수 있다고 덤빈 이세돌처럼

돌을 던지지 않고 다섯 판씩 바둑을 두지 않겠다

내 시가 사람을 살릴 수 있다면

그건 시가 세상을 바꿀 수 있다고 믿은

젊은 날의 실수를 아직도 반복하는 것이겠다

노동자는 고달프다

이순신 장군은 항상 칼을 뽑는 척만 한다
그럼 나라는 누가 지켜요?

세종대왕은 언제나 꼿꼿하다
백성들 잘 살펴보라고

세종문화회관 앞의 시인은 언제나 시집을 들여다보고
교보문고 앞 소설가는 벤치에 앉아 행인을 바라본다

꿈쩍하지 않는다 이 사람들은
장군이나 임금이나 소설가는 요지부동이다
아니다 놀고 있다 놀고 있는 게 틀림없다
움직이는 건 오직 일하는 건 오직
흥국생명 앞 망치질하는 여자뿐이다

아 오늘도 쉬지 못하고 망치질 하는 노동자여

늘 하는 핑계

집에 들어가기엔 아직 이르고

술 마시기엔 이미 늦다

한 병을 따기엔 너무 많고

한 잔으로 끝내기엔 모자란다

혼자 마시기엔 생각이 복잡하고

둘 이상 모여 마시면 말이 너무 많다

항상 술이 남아 안주를 더 시키고

늘 안주가 남아 술 한 병 더!

아예 안 마시려니 술친구가 너무 많다

자주 마시기엔 나이가 예전 같지 않다

ELIZABETH
TAYLOR
RICHARD
BURTON
I
REX
HARRISON
W
FILMIE
NAGRODZONYM
CZTEREMA
OSCARAMI
KLE
O
PAT
RA
REŻYSERIA
JOSEPH
L. MANKIEWICZ
PRODUKCJA
20 th
CENTURY-FOX

“보들레르처럼
시시하게
살고 있다”

서른일곱 살 때 쓴 일기①

아침에는 늘 쉬어터진 얼굴로 전철을 기다리다가 기어코 회사에는 늘 늦는다. 그놈의 전철 때문에… 또 지각했다는 투로 투덜댄다. 무슨 악역 배우를 만나듯 출근부에 도장을 찍는다. 회사에는 먼저 나온 동료들이 ‘한탕’을 하고 난 뒤다.

정말 지독한 불황이다! 이렇게 책이 안 나갈 수가 있냐. 그래도 우리 회산 형편이 나은 편이에요. 저번에 만들어 낸 전집은 벌써 천 질帙 돌파했잖아요. 천 질이라! 그거 팔아서 어느 입에 풀칠하려고 그래. 그 책 팔기 위해서 우리가 쓴 광고비만 해도 자그마치 억이야 억! 이층 한구석에서 판매촉진 회의가 시작된 지도 꽤 오래다. 영업부장은 어제 저녁 먹다 둔 찬밥을 다시 아침상으로 받아놓고 무참한 표정이 된 것 같고 영업부 대리는 난시亂視라는 걸 주위 사람들에게 광고라도 하듯이 판매 현황이나 재고표를 눈앞에 바싹대고 읽고 있다.

내 자리로 돌아와 앉는다. 이층과 삼층 사이, 층계참에 있는 수세식 화장실에서 물내려가는 소리가 기침소리처럼 신경을 건드린다. 신간계획서 오늘 중 작성할 것! 외판용 팸플릿 공장 교정 볼 것! 원색 삽화 받아올 일! 신문광고 동판 열한 시까지 갖다 줄 것! 선배 출판 기념회 오후 여섯 시 피호텔. 초교지 독촉해주시오 미스 최. 해설 다시 조판할 것. 납본시킬 것.

책상 위 탁상일기에는 오늘 해야 할 일이 적혀 있다. 젠장 이 많은 일을 오늘 하루에 할 수 있다는 거야. 늘 나 자신에게 반감을 품는다. 반감, 나 자신에의 반역, 반역에 한 번도 성공하지 못하는 나 자신이 맹물임을 선언하는 반감이다. 그때 목이 쉰 미스 리가 내 자리로 와 커피 다 식겠어요. 어제 술 많이 하셨다는데 건강도 좀 생각하셔야죠. 어서 빨리 철이 들라는 눈치다. 나이 서른일곱. 나는 늘 내 나이를 묻는 사람에게 서른일곱이나 됐습니다. 이젠 중년이죠 하고 대답한다. 다시 커피 잔으로 손이 간다. 마치 불감증 여자같이 다 식어 버린 커피. 아침에 한 잔, 점심 때 한 잔, 오후가 되면 몇 잔인지도 모르고 마시는 커피다. 아무런 감동도, 분위기도, 빛깔도 내게 주지 못하는 커피 잔을 들고는 옆자리를 향해 말한다. 김씨, 커피는 식었지만 일은 뜨겁게 합시다. 김씨가 반응을 보인다. 그러죠 뭐.

아침은 늘 이렇다. 장군이 되고 싶었던 소년은, 중학교 때는 아문젠 같은 탐험가가 되고 싶었는데, 그만 대학에 들어가서 문학이라는 이름의 몽환주사를 맞아 허파에 잔뜩 고무풍선 같은 바람만 넣고 다니기 시작하였다. 그 다음부터 하루하루가 늘 보들레르처럼 심각하고 다 씹은 껌처럼 사는 시시한 사내가 된 이유다.

하루 종일 헤맸다
활자의 숲에서

서른일곱 살 때 쓴 일기②

하루 종일 매만지는 온갖 활자의 숲에서 어서 놓여나고 싶다. 책상 위에 늘어놓았던 교정지며 온갖 충격적인 말들이 주먹질을 할 것 같은 사식寫植 글자* 쪼가리들을 파일박스에 쑤셔 넣는다. 거에요가 맞나요 거예요가 맞나요? 외래어 표기에는 왜 장음長音을 빼기로 했죠. 일본 사람 이름도 한문 음으로 불러야 하잖을까요? 이등박문 풍신수길 동경 좋잖아요. 괜찮은 생각이다. 미스 김, 장례를 치루다가 아니라 장례를 치르다입니다. 치르다, 치르니, 치러서…. 나는 왜 고딕체가 죽기만큼 싫을까. 목구멍에 걸리는 생선가시처럼 느껴진다. 내가 쑤셔 넣는 하루의 일감들 속에 이런 말들이 모두 빨려 들어가면 좋겠다.

아침에 출근할 때 잔뜩 허무의 무게와 맞먹는 권태를 가슴에 안고 출근한다. 지금 똑같은 층계를 내려와 퇴근한다. 오늘 하루는 참 고독했었군그래. 하루 종일 내가 고치고 지우고 빼버린 말들. 하루 종일 마음의 커튼을 겹겹이 친 사람들 속에서 침묵으로 보내는 편이 늘 편했을까. 하루 종일 말 사냥을 하면서 일을 했지만 사실 나는 말이 고프다. 술이 고픈 것처럼. 정말 아무 말이나 막 지껄여대며 내뱉고 싶다. 사람이 제 할 말을 가슴에 감춘 채 묵묵부답으로 사는 건 견디기 어려운 천형天刑이다. 가슴 속에 품은 말은 그것이 욕지거리든 한 줄의 시 구절이든 뱉어 버려야 한다. 공동空洞으로 스며드는 밀물처럼 밀려오는 고독, 그리고 마음의 한 빈터에서 막 몸부림치는 숨은 말들을 한시바삐 풀어 주고 싶다.

여섯시 오십 분, 아니 정확하지 않을 수도 있다. 회사를 빠져나와 "강물은 흘러갑니다 제삼 한강교 밑을…" 하고 부르는 철부지 가수 혜은이 노래를 떠올리며 한강 다리를 건넌다. 한강을 건너서 터널로, 터널을 지나서 고가도로로, 고가도로를 지나서 육교로, 육교에서 내려와 지하실에 있는 작은 술집으로 기어든다. 그 술집은 거의 매일 똑같은 장면이다. 친구들은 이미 와 있다. 야 그만 회사 집어치워라. 전화를 걸면 어디십니까? 지금 자리에 안 계시는데요 이게 니네 회사 전화 받는 매너냐. 친구는 불쑥 잔을 내밀며 말한다. 내가 기다린, 이것은 내가 기다린 자유, 분방, 방탕, 무차별 난사, 종횡무진의 대화법이다. 니가 집어치우라고 하지 않아도 매일매일 나는 사표 쓰는 날이거든. 재빠른 응답, 가슴 속에 채워두었던 말의 자물쇠를 얼른 푼다. 무슨 돌쩌귀 소리 같은, 몸이 뻐근할 정도의 태동胎動이 느껴진다. 자, 고독한 우리들의 예술을 위해서 한 잔! 인류의 적, 한 잔의 술을 위해서도 한 잔! 이렇게 하루의 에필로그를 찍는다. 답답했던 가슴은 해빙解氷이다. 술잔이 오가는 동안 고독 같은 거, 우울한 도시의 소외감 같은 거 모두 모두 엿 먹어라!

*타자치듯 입력한 텍스트를 사진처럼 인화지로 뽑아낸 것.
이 인화지를 레이아웃 용도에 맞게 잘라서 편집용 대지에 풀로 붙여서 편집했다.
컴퓨터편집프로그램으로 책을 편집하는 지금과 달리 1990년대 초 이전에는
다 이러한 방법으로 편집했다.

다

다카다노바바 역에서 –윤동주 흔적을 찾아다니다가

일본 도쿄 다카다노바바 역에
봄비가 내린다
출근하는 사람들은 모두 투명한 비닐우산을 들고
그물망처럼 나 있는 골목으로 흩어진다

다카다노바바 역 앞에는
작은 평화의 여신상이 있다
일본인이 사랑하는 평화는
한국인이 추구하는 평화와 다르지 않을 텐데
왜 서울의 평화의 소녀상에 일본인들은
꽃 한 송이 바치지 않는가

돌멩이를 던진 사람이 잘못했다고 해야지
하필 그 자리에 있을 게 뭐냐고
돌멩이를 맞은 사람이 죄송합니다 해야 하나
평생 굴욕을 참고 살아온 할머니들이
스무 명 밖에 남지 않은 할머니들이
죄다 거짓말쟁이란 말인가

다카다노바바 역
작은 평화의 여신상 앞에
꽃 한 송이를 놓았다

대포로 발포하겠습니다 —실화

총장님 대포로 발포하겠습니다 그날 운동장에 모여 있던 학우들도 교수들도 학교직원들도 모두 뒤집어졌다 육십년대 후반 어느 날 월남파병 반대한다 박정희 정권 물러가라 날이면 날마다 시국반대 데모할 때다 흑석동 대학 운동장에서 간을 씹어먹겠다는 건지 시국간담회라는 게 열렸는데 철학과 과대표가 벌떡 일어나 발언권을 얻더니 대뜸 총장님 대포로 발포하겠습니다 한 거다 철학과 이 친구 선천적 장애가 있어 절대 요자를 발음 못하고 오로밖에 하지 못해서다 대표로 발표하겠습니다를 그만 대포로 쏴버린다고 한 거다 군대 시절엔 이런 친구도 있었다 보초를 서는 데 그날 밤 암구호가 고구마였다 한밤중 주번사관이 순찰을 돌면서 정문 보초! 오늘밤 암구호가 뭐얏 넷 일병, 김일성! 고구미 뭐야 암구호도 모르나! 김일병 당장 영창이닷 헌병대에 끌려가면서 김일병이 주번사관을 다시 쳐다보더니 애처롭게 그림 김진기? 김일병도 대학친구처럼 선천적 발음장애다 아자를 발음 못하고 대신 이라고밖에 하지 못한다 그날 밤 암구호가 고구마였으니 고구미였다 그럼 감 잔가 하고 고쳐 생각하고 말한다는 게 김진기다. 이런 발음 장애 자들이 요즈음 갑자기 늘었다 늘어도 아주 많이 늘었다 정치가들 중에 많다 정말 많다 적폐 대신 적패라고 줄창 떠들어댄다 쇼통하면서 소통한다고 우겨댄다 홍

대통령에게*

보좌관이 써 준 연설문 읽지 말고 때로는 직접 써서 연
설하시라 국민을 위하여라고 하지 말고 콕 집어서 누구
를 위하여라고 지칭하시라 최선 다하겠다고 불확실한 약
속하지 말고 이런 저런 점 잘못됐다고 진심 고백하시라
집무실 책상에는 국정 결재서류 외에 시집도 갖다놓고
매일 아침 시를 읽으시라 꽃 한 송이 풀벌레 한 마리
소중하게 노래하는 시인의 마음 헤아리시라 지지하는
사람들의 칭송보다도 반대파의 막말 같은 비판을 경청
하시라 혼밥 절대 먹지 말고 내 입에 맞는 음식 내지 말
고 손님 좋아할 음식 함께 드시라 동장이 할 일 도지사
가 할 일 경찰서장이 할 일 하려 이 시장 저 골목 불쑥 불
쑥 다니지 말고 그 시간에 나라 지키는 일 백성들 먹고
사는 일 챙기시라 제발 뉴스 시간에 자주 나오지 마시라

*2017년에 쓴 초고를 다시 꺼내 몇 줄 수정하였다.

등산을 쉬면서

산에도 허리가 있다
산에도 등짝이 있다
산에도 목덜미가 있다
산에도 겨드랑이가 있다
산에도 늑골이 있다
하다못해 산에도 똥구멍이 있다
그걸 발견하려고 이십여 년 산에서
기웃거리고 헤맸다

산은 한 번도 올라오라고 채근한 적이 없다

이제 산행을 하지 않으니 산이 만만해졌다

산이 만만해 보이니 세상 일이 다 시시해졌다

치열하게 산 자는
잘 씌어진
한 페이지를
갖고 있지

천양희 시인의 시집을 하필이면 왜 마감을 앞두고 읽었을까? 오월호 '한 편의 시를 위한 여행'은 박용철 시인의 고향을 취재할 생각이었다. '한 편의 시를 위한 여행' 은 그달 작고한 시인을 취재하여 소개하는 화보 기사였다. 박용철 시인은 5월 12일에 작고하였으므로, 당연히 박용철의 고향 광주를 취재하려고 준비하는데, 아무리 자료들을 확인해도 시인의 묘소가 어디에 있는지 정확하게 알 수 없었다. 광주에 있는 몇 분에게 전화를 했지만 콕 집어 이곳이라고 시원한 답변을 하는 분이 없었다. 그러다가 천양희 시인에게서 받은『새벽에 생각하다』를 읽게 되었다. 심쿵! 요즈음 젊은 애들이 잘 쓰는 말 그대로, 심장이 주저앉는 것 같았다. 이제까지 읽었던 시집들도 많고 많지만 그 많은 시집들과 달랐다. 어떤 시는 송곳 같기도 하고 어떤 시는 마음을 안마해 주기도 하고 어떤 시는 주먹질하는 것 같았다. 또 어떤 시는 냉철해서 내가 그만 얼어버릴 것 같았다. 그 시들 중에는 백석에 대한 시가 두 편 있었다. 백석의「흰 바람벽이 있어」를 떠올리게 하는 작품과 일산 백석역을 지나면서 백석의 고향 정주와 연인 자야를 그리워하는 내용이었다.

그 이튿날 나는 천양희 시집 한 권을 들고 도쿄행 비행기를 탔다. 오래 전부터 일본 유학시절의 백석을 취재해야겠다며 별러 왔었다. 그런데 지금 당장 백석 취재를 다녀오라고 천양희 시인이 채근하는 것 같았다. 첫날은 백석이 다닌 청산학원 캠퍼스와 백석이 하숙했다고 알려진 집터를 찾아 낯선 주택가 골목을 헤맸다. 이튿날은 백석이 일본 유학 시절에 쓴 단 두 편의 시의 무대였던 '가키사키 해안'으로 갔다. 이즈 반도의 이즈큐시모다伊豆急下田역까지는 두 시간이 더 걸렸다.

열차를 타자마자 나는 다시 천양희 시집을 읽기 시작했다. 차창 밖으로는 일본인들이 "황홀한 정도의 풍경"이라고 찬탄하는 바다와 동화 같은 마을 풍경이 그냥 스쳐 지나가고 말았다.

쓸쓸한 영혼이나 편들까 하고
슬슬 쓰기 시작한 그날부터
왜 쓰는지를 안다는 말 생각할 때마다
세상은
아무나 잘 쓸 수 없는 원고지 같아
쓰고 지우고 다시 쓴다

(중략)

말도 마라
누가 벌 받으러
덫으로 들어가겠나 그곳에서 나왔겠나
지금 네 가망可望은
죽었다 깨어나도 넌 시밖에 몰라
그 한 마디 듣는 것

이제야 알겠지
나의 고독이 왜
아무 거리낌 없이.너의 고독을 알아보는지
왜 몸이 영혼의 맨 처음 학생인지
천양희의 시 「시라는 덫」 부분

라

우리는 모두
세상에
입원하고 있다

'페이스북'으로 대표하는 소셜네트워크에는 세상의 흐름을 그때그때 직방으로 전하는 잡다한 정보가 올라온다. 종이 매체에서는 볼 수 없는 적지 않은 시인들의 시도 '아주 많이' 올라온다. 시 뿐만 아니다. 간단한 서평, 영화평, 문학작품에 대한 평설 등 신변잡기 수준을 뛰어넘는 산문들이 많다. 그래서 처음에는 잡지홍보라도 할까 하는 수상한(?) 목적으로, 마치 남들 하는 짓을 엿보듯이 활동하던 나 역시 이제는 다른 페이스북 친구들과 마찬가지로 열심히 글도 올리고 이벤트도 벌여 보고 아이디어도 얻고 있다.

그런데 페이스북에는 우울한 소식이 많다. 신문방송에서는 쉬 접하지 못한 슬픈 소식들, 예를 들면 친구 아무개가 죽었다든가, 부모님, 스승, 선배 등이 내 곁을 떠났다거나 하는 슬픈 소식들이다. 황현산 시인의 작고 소식도, 젊은 시인 허수경의 사망 소식도, 친구였던 패션디자이너 하용수 사망 소식 등등 일일이 인사하고 댓글달기에도 벅찰 정도다. 그 소식을 전하는 분들이 모두 생전에 친교를 맺은 분들이니 전해 주는 사연 구구절절 가슴이 아프다. 그뿐이랴. 그냥 일상적으로 하는 일에 매달려 살기 때문에 다른 이들의 살아가는 어려움, 고통, 방황, 분노 같은 것을 잘 느끼지 못하는데, 그런 이야기들이 페이스북에서는 생방송처럼 하루 일과처럼, 마치 전시장 쇼윈도우 속에 전시되어 있는 전시물처럼 생중계된다.

어느 날 페이스북 친구들에게 시 한 편을 소개하였다. 인생은 지금 '세상'이라는 거대한 병원에 입원한 상태라는, 고작 일곱 줄 짜리 이관일

시인의 「입원」이다. 입원했다구요? 그럼 얼른 치료 마치고 '퇴원'하면 되지 않을까요? 하지만 '퇴원은 곧 세상에서 떠나는 죽음뿐'이라고 시인은 말한다. 머리를 한 방 세게 맞은 듯하다. 우리 모두 지금 퇴원(죽음)할 수도 없는, 그런 세상에 입원한 것이라는 구절 때문이다. 시 「입원」 전문은 이렇다.

나는 세상에 입원하고 있다
그리고 세상의 퇴원을 위해
태어나는 수술을 했고
지혜라는 주사를 맞으며
시詩라는 약을 복용하고 있다
나는 지금 세상의 퇴원을 위해
세상에 입원하고 있다

마돈나

햄버거 한 개 시켜놓고 마돈나
스테레오 사운드로 듣는다
라이크어 버어진 라이크어 버어진*

길모퉁이 석간 신문 속보판 앞에
봉두난발한 청년이 서서 있고
라이크어 버어진 라이크어 버어진

길 건너 사십오분 완성 현상 디피점 입간판
(문열리고) 햄버거 하나 다 주세요
가슴은 커다랗고 좁은 바지 애들이
오후 네 시 먹물 같은 콜라 한 병
마돈나(스테레오 사운드로)
라이크어 버어진 라이크어 버어진.

(1989년 2월)

*그 무렵 크게 히트치며 유행했던 미국 팝싱어 마돈나의 곡명.

마하리아 잭슨

한밤중 들판의 나무들이
칼끝 바람에 찔려 울음 울듯이
우리들은 모두 소리내어 앓았다
우리들의 동창들은 모두 앓았다
네가 부른 어떤 파퓰러 뮤직 중에서
주근깨가 많은 소년병이 돌아오지 않는다*고
커다랗게 발광하며 노래 부르는
그런 무서운 폭력 때문에
우리들은 모두 앓았다

마하리아 잭슨,
너의 작은 분별分別이
내출혈로 다친 우리들의 기브스를 풀고
우리들을 출정하게 했다
피 묻은 칼끝을 물고 전운戰雲의 통로에서
고독에도 견디는 견고한 삶의 벙커를
보느냐, 참담한 공황뿐인 이 도시에서,
너는

(1970년 10월)

*베트남 사이공 주둔 미군 위문공연 때 마하리아 잭슨이 부른 곡.

만적습유萬積拾遺

8 버리고 만져 보도다

애비야, 작답作畓의 연장을 새로 갈도다
씨를 뿌린 자가 거두지를 않고 버리도다
강에다 애비를 내다 버린 내 눈물 받아간 살붙이들아
삼한三韓에 이는 바람 글밭에 뼈를 섞도다
무심한 붓은 황지黃紙에 고무레 정丁자를 쓰고
거병擧兵의 소리는 드높이 장안을 뒤지도다
이 어지러움의 참담도, 참담함의 뿌리도, 뿌리의 시끄러움까지
뒤흔드는 절명絶命의 근육을 만져 보도다
애비야, 내 목을 처박고 죽을 곳만 살아서
뭇 속삭임에 귀를 기울이도다

9 소리 돌아다니는 법

참담하리로다 어지럽고 캄캄하도다

무리를 이루며 외쳤으나 들리지를 않도다

날을 벼리는 숫돌에 어떤 광맥鑛脈이 와 닿아 소리를 만드는지

만들다가 돌아다니는지, 돌아다니는 법을 아는지

드러난 소리를 해득解得한 사람들조차

드러나지 않은 눈뜸의 아우성을 듣지 못하도다

아아, 들은 자들은 들은 자들대로 칼을 잡아 터를 구하도다

저 숱한 천賤것들만 흥흥히 돌아다니도다

돌아다니는 법을 알도다

10 우물 파기

목마름을 가르치는 목마름이
어떤 우물의 수도꼭지에서 샘을 찾고 있도다
목마름은 수도꼭지에서 나오는 게 아니도다
어둠도 걸어나온 수도꼭지에서 찾을 것이 아니도다

목마름을 가르치는 어떤 우물이
샘을 파도 보이지 않는 다른 목마름을 건져 주도다
목마름을 파는 자의 피가 되어
우물도 들여다보면 죄罪가 되는 피가 되어 목마름을 찾도다
칼자국 난 참직參職의 굴욕을 쓴 술로는 달랠 수 없느니
아아 이제 산북山北의 거역도 강물에 띄우고
몸을 팔아 말을 사리로다
말을 타고 분명한 길
돌아오지 않을 길을 가도다

맹물

어제는 시를 굶고 술을 마셨다
술을 마시고 예수같이 괴로움 많은 동창들과
주정을 실컷 했다

누가 눈물은 슬픔이라고 하느냐
누가 사랑은 구원이라고 하느냐
누가 시를 맹물로 만드느냐

우리들의 주정이 끝날 때까지
비는 내렸다
우리들이 써갈겨온 시의
바지가랑이며 맨발까지 흠씬
젖었다

무언극 구경하기 3

나는 무척 심심해하며 유진규*를 기다렸다고 말하겠어. (반칙이야.) 새벽마다 일어나서 칼부터 가는 식육점 김씨나 시장 뒷골목을 활궁弓자로 돌아다니며 쥐약을 팔러다니는 장씨나,

이제는 수전증에 대패질도 잘 못하고 쏘주만 축내는 목수 고모부를 생각하며 몸부림의 동작이며 한스러운 원망의 말은 어떻게 내느냐, 정말 해낼 수 있느냐, 유진규 씨. 삶의 굵은 심줄이 만져지듯 숨졌던 말을 잠재울 수 있느냐.

나는 말하겠어. 숨어 있는 말, 날이 선 말, 누워 있는 말, 병든 말, 화상 입은 말, 시커멓게 타죽은 가슴 속의 말, 그 말, 말…을 위하여, 꺾이고 부러진 말을 위하여, 눈물을 흘리지 않고도 해낼 수 있느냐. 한 편의 무언극을 이해하기 위하여 나는 아홉 달 동안 쓴 일기를 버려도 좋다. (빌어먹을.) 필름이 끊어지고 텅빈 무대에 유진규가 나타났다. 그리고 말없음.

무언극 구경하기 4

연극은 끝났다 한 사내(배우?)가 분장실로 내려와서 마른 풀단 처럼 버려진다 우리들은 귀가 퇴화된 짐승인 채로 객석에서 그 사내를 곧 잊고 만다 텅 빈 객석. 관객들은 무심히 퇴장한다 (일장춘몽이로군. 끝장내야 했어.) 한 마디씩 내뱉은 말들이 극장 안을 유령처럼 밤새도록 떠돌아다녔다 무대에서는 그 사내(우리?)의 눅눅한 사랑과, 사랑의 무덤과 주검이 백악白堊의 잔해로 놓여 있다(이제, 우리도 그만 나가야지.)

단절, 학살, 칼, 들판. 들판 밖에 내다버리는 수천 단어의 학살(쓰잘 것 없음.)

히히히히 어둠 속에서 (유진규 씨가) 웃는다 풀길 없는 삶의 방정식을 떼맡기고 그가 무대를 걷어치운다 참담한 꿈이다 황당한 탓이다 (박수는 무슨 놈의 박수냐.) 우리들은 쉬어터진 풀맛이다 캄캄한 먹지 같은 객석에 누가 다시 불을 밝힌다 힘을 넣어 준다 말의 소생 사어死語가 되었던 말들을 소중하게 호주머니에 숨겨둔다 (아직 꺼내 쓸 때가 아니야.)

종소리를
더 멀리 내보내기 위하여
종은 더 아파야 한다

세계적인 극작가 버나도 쇼에게 신문기자가 물었다.
"선생님이 평생 가장 감명 깊게 읽은 책이 무엇입니까?"
버나드 쇼의 답변.
"현금출납부올시다."

당시 세계에서 가장 유명한 무용수로서 미모를 자랑하는 이사도라 던컨이 버나드 쇼에게 물었다.
"저와 결혼하면 선생님의 두뇌와 나의 외모를 닮은 아이가 태어나겠지요?"
추남에 가까운 버나드 쇼의 멋진 응수.
"나의 외모와 당신의 두뇌를 닮은 아이를 낳으면 어쩌시려구."

이런 수준의 고급 유머를 구사하라는 이야기는 아닙니다. 시 잡지를 만들며 적지 않은 시인들을 만납니다. 그때마다 시인들에게서 가장 부족한 게 유머 감각이 아닐까 하는 생각이 들곤 했습니다. 실없는 농담을 하라는 게 아닙니다. 그 자리에 알맞은 적당한 유머를 했으면 좋겠다는 것이지요. 시인이 한두 명 끼면 모임의 분위기 깨진다고까지 말하는 까칠한 언론계 후배도 있을 정도입니다.

이런 생각은 여러 시인들의 시를 읽으면서도 늘 느끼는 점입니다. 시들은 한결같이 지나치게 진지하거나 무겁거나 답답합니다. 마치 도덕선생님이나 윤리선생님을 만나는 느낌입니다. 이제부터라도 조금은 헐겁고, 빈틈이 있고, 우스꽝스럽고, 가볍고, 어리버리한 시들을 많이 읽고 싶습니다. 오탁번 시인의 「폭설」이나 「해피버스데이」를 좋아하기 때문입니다.

아마도 농담은 심각한 돌부처도, 고래도 춤추게 할 겁니다. 그런 뜻에서 요즈음 특히 젊은이들이 좋아하는 이문재 시인의 시 「농담」을 소개합니다. 시 속에 진지한 주제를 농담처럼 하는 장치가 어디에 숨어 있는지 찾아보시기 바랍니다.

문득 아름다운 것과 마주쳤을 때
지금 곁에 있으면 얼마나 좋을까 하고
떠오르는 얼굴이 있다면 그대는
사랑하고 있는 것이다

그윽한 풍경이나
제대로 맛을 낸 음식 앞에서
아무도 생각하지 않는 사람
그 사람은 정말 강하거나
아니면 진짜 외로운 사람이다

종소리를 더 멀리 내보내기 위하여
종은 더 아파야 한다

– 이문재 「농담」의 전문

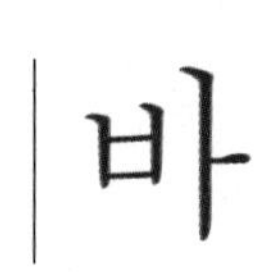

바로잡기

'삶'이라고 쓰고
'사람'이라고 읽는다고 했더니
아니죠 '살아감'이라고 고쳐 준다

그래 사람이 살아감이 삶이지
그랬더니 '살아지는' 게 삶이냐고
다시 묻는다

'살아가는' 것과
'살아지는' 건 어느 쪽이 더 힘든지
'사랑하는 것'과
'사랑한다는 것'이 어떻게 다른지

왜 나는 구두를 오래 신으면
안쪽 뒤축이 '닳지' 않고
바깥쪽 뒤축이 '닳아지는지'

버리기 위하여

'위하여'라는 말을 버리기 위하여
그동안 써온 시들을 모두 버려야 한다

버리기 위하여 버리는 일은
얻기 위하여 버리는 일보다 어렵다

이를테면 사랑이 그렇지 않으냐
사랑을 버리기 위하여 사랑을 버리는 일은
사랑을 얻기 위하여 버리는 일이다
버리기 위하여 버리는 일은
이를테면 맹물과 같은 투명이다

이제 사랑을 위하여,
사랑을 얻기 위하여
필요한 진실은 한 생애로도 모자란다

우리가 자유를 위하여
우리가 슬픔을 위하여
혹은 풀꽃을 위하여, 사상을 위하여, 사람을 위하여,

그동안 우리가 팔러 다닌 말을 위하여

그 말들을 모두 버리려면

공중의 뜬구름보다 더 가벼운

언약을 모두 버려야 한다

사랑을 버리기 위하여

오늘부터 진정 버리기 위하여

별에 대한 견해 1

누구나 별 하나 품고 산다
그 별 하나 잃는다고 해도 인생 바뀌지 않지만

누구나 꽃 한 송이 가꾸고 산다
이 세상 양지쪽 한구석 비밀공간 하나 만들어놓고

누구나 별과 같은 나무 한 그루 키우며 산다
한 평생 거친 바람 막고 악천후 보살피며

누구나 그리운 사람 하나 숨긴 채 산다
그리워하면서 종이연 날리듯 시를 쓰고

누구나 분노 한 움큼 감추고 산다
칼집에 든 예리한 칼 쓸 날 기다리면서

(2015년 11월 30일)

별에 대한 견해 2

별똥별만 떨어지는 게 아니다
우주의 중력을 벗어난 모든 것은 떨어진다

누구도 저 별똥별을 잡을 수는 없다
별똥별이 떨어지는 짧은 동안 기도할 수 있다고 해도
다만 번개만이 별똥별을 없앨 수 있다

나는 시방 별똥별이다
무한공간 궁륭 속으로 투신하는 별똥별이다

그래서 나는 별을 가리켰고 너는 꽃을 주었다
그 별을 보며 나는 시를 썼고
그 꽃을 받아 너는 사랑을 했다

(2015년 11월 30일)

봄 매화

꽃이 피기 전에 진다
지난 가을부터 봄을 기다리더니
다른 꽃 오기 전에 먼저 떠난다
그리고 아침이슬 같은 것, 눈물 흘림.

꽃이 진다
맑고 깨끗한 손수건 한 장
추운 눈썹 끝에 매달린 별.

쇠를 따고 누가 외출하나 보다
지난겨울에 가두어 둔 말들
'사랑'이라는 말에도 소독약을 뿌려둔다

이제 그리움만 남았다.

봄을 봄 -서른아홉 살에

봄을 봄

오는 봄을 봄

오늘 꽃을 꽂으며

꿈을 꿈

꾸지 말아야 할 꿈을 꿈

아직도 꿈이 모자람.

사랑니 하나 뽑음

그리고 어금니도 한 대 뽑음

버티다가 뿌리째 썩어오는

이빨로 참 많이도 씹고 있음.

삶에 대하여

이 살아지는 삶에 대하여

궁금함.

부고도 가끔 읽으며

오늘 그대에게는

무소속이고 싶음.

비

비는 좀 맞아도 좋지
바람 심하게 불어 빗줄기가 사납지만 않다면
비는 좀 맞아볼 만하지 않겠나

사람이 나무나 풀은 아니지만
생명의 원리는 비슷하지 않을까
내리는 비를 맞으면 옷이야 젖겠지
그게 뭐 대수랴 건조한 피부가 촉촉해지고
물기 스며든 살 속 세포도 숨을 쉬게 될 테니

그대 너무 서둘러 우산부터 펴지는 말게나
앞에 펼쳐지는 시야가 헷갈리게 된다네
그대 비를 덜 맞으려고 뛰지도 말게나
세상엔 살다보면 꼭 피해야 할 일도 많다네

요 정도 내리는 비는 좀 맞으며 살게나
천천히 걷던 길 지금 보폭 그대로
귀밑머리로 흘러내리는 빗물이
체온으로 따뜻해질 때까지

「세계의 포탄이 별이 된다면」

이세룡의 시

동갑내기 내 친구 이세룡 시인을 생각하면 마구마구 눈물이 난다. 제임스 딘을 좋아한다는 공통점으로 여러 해 동안 거의 붙어살다시피 했던 친구였다. 그의 근황을 알면서도 연락하지 않은 내가 미안하고 치사해서다. 내가 출판사를 해서 꽤 많이 번 돈으로 여성잡지를 창간할 무렵이었다. 그 역시 여성잡지사에서 나와 '입뽕한' 영화를 개봉하였다. 그러나 나의 여성잡지 창간도, 그의 입뽕 영화도 모두 실패하였다. 그 후 우리는 다시 재기를 꿈꾸었다. 나는 새 잡지를 창간하러 돌아다니고, 그는 새로운 제작자를 만나 박범신의 「읍내 떡빙이」를 영화로 만든다고 했다. 그러던 그가 쓰러졌다. 목숨만은 건졌으나 식물인간 상태가 되었다고 했다.

꽤 많은 세월이 흘렀다. 그를 잊고 살았다. 그런데 지난 해 여름, 몽산포 여름시인학교 특강 중에 허영자 시인이 이세룡의 시 한 편을 소개한 것이다. "한국 시 중에서 최고 명작"이라고 극찬하면서. 천진난만한 소년 같은 시심의 천재시인 이세룡을 그리워하면서 허영자 시인이 극찬했던 시 전문이다.

세계의 각종 포탄이 모두 별이 된다면
그러면 몰래 감추어 둔 대포와
대포 곁에서 잠드는 병사들의 숫자만 믿고
함부로 날뛰던 나라들이 우습겠지요
또한 몰래 감춘 대포를 위해

눈 부릅뜨고 오래 견딘 병사에게 달아 주던 훈장과
훈장을 만들어 팔던 가게가 똑같이 우습겠지요

세계의 각종 포탄이 모두 별이 된다면
그러면 전 세계의 시민들이
각자의 생일날 밤에
멋대로 축포를 쏜다 한들
나서서 말릴 사람이 없겠지요

총구가 꽃의 중심을 겨누거나
술잔의 손잡이를 향하거나
나서서 말릴 사람이 없겠지요

별을 포탄 삼아 쏘아댄다면
세계는 밤에도 빛날 테고
사람들은 모두 포탄이 되기 위해
줄을 서서 차례를 기다릴지도 모릅니다
세계의 각종 포탄이
모두 별이 된다면

-이세룡의 시 「세계의 포탄이 별이 된다면」 전문

사

사랑, 또는 장난으로 시를 쓰지 않기 위하여

사랑, 또는
말장난으로 시를 쓰지 않기 위하여
쓰다만 시를 너에게 준다.
너는 이 시를 버려다오
마음껏 멸시해다오 이제는 그럴 때다
사랑, 이제는 그 사랑이 절망이다.
그대 살 속의 숨은 어떤 비명도 슬픔도
내 피 속에 흐르는 어떤 반역도 배반도
이제는 누구도 사랑의 근육을 만질 수 없다.

사랑을 하기 위하여 흘린 눈물은
안약보다 더 투명한 고통이 된다

사랑, 또는 말장난으로 시를 쓰지 않기 위하여
말이 되어 입 밖에 나와도, 이제는 이미
꽃의 아름다움을 노래하기에는 지친
나의 말들을 너에게 준다
오직 목마름뿐인 이 사랑의 변방邊方에서

사랑에 대한 예의

우리들은 모두 사랑의 중환자이거나 풀잎이다
서투른 춤꾼이다, 우리들이 사랑하는 것은
날림공사로 지은 탐욕의 집이다 무너지는 둑이다
술 마시고 들어와 잠이 든 어떤 밤에는
꺽정이 형님이나 녹두장군의 봉두난발 같은 머리며,
부릅뜬 푸른 눈이 보였다
머리맡의 냉수로도 정신이 맑아지지 않는 걸
아직도 우리들은 모르겠어, 어제 마신 술이 물이 되어
온몸을 씻어내고 있는지, 왜 흐르는 물 속에 편안한 수초水草의
잠이 되는지 우리들은 모르겠어. 이십 대의,
아픔을 팔러 다닌 아홉 달의 여름과 위험한 그 여름의
우리들의 야합野合을, 우리들의 겁怯을
아직도 모르겠어.

우리들이 사랑하는 것은, 속살이 붉은
황토 언덕이며 가난한 고향의 푸른 보리밭, 삐쩍 마른,
그렇다 삐쩍 마른 갯바닥의 맨살이다.
잊지 마라 우리들이 사랑하는 것은,
사해死海에 갇힌 죽음의 말이며 말의 부활이다

빈 들판만 보여도, 꿈에 우리들이 사랑하는 사람의
흰 이마와 인식의 말만 보여도, 잊지 마라
우리들의 외로운 씨름 한판의 승부,
한판의 패배까지도 사랑이다.

세상에는 헐렁한 바지를 입은, 멋대로 수염을 기른
우리들의 동창이 어디론가 달려가고 있다.
빌어먹을!

(1979년 9월)

성자야

옛날 누구는 천국행 표*를 팔았다지
참 재주도 좋다
난 앞에 오는 천국열차*도
타지 못하고 놓쳤는데

청소 잘 하는 사람도 성자
하루살이도 성자
거짓말 잘하는 대통령도 성자
젊은 날 날 버리고 떠난 여자도 성자
세상의 모든 성자*야
우린 무엇이 되어 다시 만나랴*

*중세 가톨릭이 그랬다는
*봉준호 감독 영화 명
*'聖者' '聖子' '成字'의 총칭
*김광섭의 시 한 구절에서 차용

세상엔 옷이 너무 많다

세상엔 옷이 너무 많다

나도 옷이 너무 많다

마음에 드는 옷이 없어서

그날 그 자리에 입고 나갈 옷이 없어서

몸이 예전보다 불었구나 그래서 사이즈가 맞지 않는구나

읽지 않은 책처럼 옷장 속에 옷들이 버려져 있다

임금이 찾아 줄 날을 기다리는 후궁처럼

왜 사람은 보지 않고 옷만 보느냐

왜 본문은 읽지 않고 제목만 따지느냐

장례식장에서는 검정색 옷을 입어라

출근할 때는 정장을 입어라 단정하게

노타이나 반바지는 점잖지 못하다

맞선 보러 갈 때 여자는 바지를 입으면 안 된다

검정 양복에는 양말도 검정색이다

세상은 옷을 너무 많이 사게 한다

게임의 룰과 법과 관습 –

옷을 벗자

옷을 거부하자

오늘부터 당장 두 겹 세 겹 차려 입은

과시의 옷 가면의 옷 군림의 옷

수사법

시에도 세금이 붙습니다
시에도 헌법이 생겼습니다
시를 쓰기 위해 밤을 새는 시인에게는
과태료를 받습니다

시를 낭비하지 마세요
가중처벌을 받습니다

어둡다,는 말에서 어둠이
무섭다,는 말에서 무서움이
괴롭다,에서 괴로움이 되는
간단명료한 수사법으로만 시를 가지세요
우리들의 한글 자모로도 다 말하지 못한
눈뜸의 소리, 기다림의 몸짓이 있다구요?

시인의 마을 어귀에는
"이곳은 사치스러운 말을 많이 쓰는 특별지구입니다"라는
팻말을 붙이세요

이제 시인들은 시를 청소하러 나가세요
쓰레기는 우리 몫, 시는 하느님의 몫이지요?
(1987년 4월)

스무 살 때 몰랐던 것

스무 살 때 미처 몰랐던 것
서른 살이면 알게 된다고
서른 살 때 미처 모르던 것
마흔 살이면 알게 된다고
달관한 듯이 말들 하죠

그럼 마흔 살에 미처 모르던 것은
쉰 살에는 알게 되고
쉰 살에 미처 몰랐던 것은
예순 살에는 알게 된다는 건가요?

왜 컴퓨터에 직박구리가 뜨는지
왜 이메일 보내는 주소는 골뱅이라고 하는지
왜 첫사랑은 꼭 맞지 않는 상대를 만나게 되는지
여자는 첫사랑 남자는 마지막 사랑에 목숨 거는지

스무 살 때 미처 몰랐던 이런 것들은
서른 살 마흔 살 예순 살에도 알 수 없죠 그냥은

(2016년 10월 21일)

시를 버렸나 보군

예수보다 다섯 살이 많지
수세식 화장실이 딸린 사무실에서
이제는 시를 버렸나보군
전화를 받을 때마다 동창들은
욕을 해대더군

이제는 무엇을 사랑하기 위하여 –
사랑을 위하여 무엇을 한다든가 하는 –

시를 쓸 나이를 낭비해 버렸군
예수보다 나이가 많은 서른 일곱 살의 나이가
거추장스러워, 이제
시를 버렸나보군.

(1985년 4월)

신춘문예

사무실 책상 서랍을 열었더니 밤새 갇혀 있던 말들이 튀어나온다

세상 모든 곳으로 갈 수 있는 방법이 있다고 믿을 수는 없다

무엇인가 방안으로 비집고 들어온다 틈이 있는 줄 몰랐구나

아아, 시간의 주름살이여, 내 삶은 말馬동작 같은 춤 속에서 늙고 있다

날것을 더 좋아하는 비평가들이 사유의 시체를 구워 먹으라고 시끄럽다

우체통보다 여행가방이 크구나

이젠 그 가방을 비우고 떠나야 할까보다

심야 영화

아내는 심야시간에 영화구경 하는 걸 좋아한다 가끔 퇴근 직전 아내가 전화를 걸어 영화를 함께 보자고 하면 거절하지 않는다 나도 문화생활 좀 즐기는 거지 뭐 어제 한밤중에 본 영화 제목은 "세상의 중심에서 사랑을 외치다"다 분명 슬픈 영화다 관객을 울리려고 애 많이 썼구나 하는 느낌이다 그러나 감독이여 미안하다 영화를 보면서 울기는커녕 눈물 한 방울 흘리지 않았다 눈물샘만 살짝 건드려도 잘 우는 나다 일본식 주인공 설정에 동의하지 않는다는 건지, 가만히 생각해 보니 사랑의 진정성이 가슴에 와 닿지 않았기 때문인 건지는 모르겠다 우선 열일곱 살 여고생과의 사랑이 그렇고 녹음테이프라는 매개체를 이용해서 스토리를 이어 나가는 게 너무 작위적이다 나는 어느새 사랑의 주연에서 밀려난 구경꾼인 셈이지 뭐 하지만 제목은 참 좋다 나는 그래 진정한 사랑이란 세상의 중심이 아니라 세상의 가장 변두리에서 외쳐야 한다고 생각하고 있지 작고 은밀하게 소중하게 다루어야겠지 아주 얇은 유리상자 같은 것이 사랑이니까! 잘 깨지기도 하고 한 번 깨지면 큰 상처를 입는 위험한 물건!

당신은
눈뜨고 오래 기다린
나의 새벽이니

김남조 선생님은 아흔을 넘기셨습니다. 설명하기 민망하지만, 우리 시단의 최고령이십니다.

내가 1974년에 첫 시집 『유민』을 내고 시집을 보내드렸더니 직접 전화를 주시고는 "훌륭한 시집"을 낸 시인을 한 번 보자시면서 저녁을 함께 하자고 하셨습니다. 약속장소인 북창동의 일식집 '남강'으로 갔더니 한승헌 변호사와 함께 먼저 와 계셨습니다. 천방지축 신출내기 신인에 지나지 않았던 제게 용기를 주시는 많은 덕담을 해주셨습니다. 이 말씀에 추임새처럼 곁들인 한승헌 변호사의 재담이 오래 기억에 남습니다. 한 변호사는 참 잘 웃기는 분입니다. 제게는 평생 잊지 못할 한 장의 흑백 기념사진 같은 추억입니다.

그때 선생님은(실례가 안 된다면) 40대 후반의 눈부신 미모였지요. 나직하게 말하던 그 음성은 얼마나 매력적이었는지, 단숨에 사람을 사로잡는 말솜씨는 분위기를 압도하였지요.

김남조 선생님을 몇 십 년만에, 시 잡지를 창간한 다음 해 서울시인협회를 꾸리면서 '윤동주 100주년의 해' 행사며 정지용 문학상 수상식이며 효창동 '예술의 기쁨' 등에서 여러 차례 뵈었지요. 그 해 겨울 전화를 드려 원고 청탁을 했을 때도 "봄이

와서 좀 건강이 나아질 때 쓰겠다"고 약속하셨지요.

그 김남조 선생님의 자작시 낭송을 직접 듣게 되었습니다. '문학의 집'에서 '대한민국예술원 회원 작품 낭독회'였습니다. 이 낭독회 맨 앞에 김남조 선생님이 자작시 낭독을 하셨습니다. 좌석에서 낭독대로 오르실 때는 부축을 해야 했지만 정작 시를 낭독하실 때는 꼿꼿하고 단정하게 서셔서 한 단어 한 단어 분명하고 맑은 음성으로 낭독을 마치셨습니다. 참석자들은 모두 일어서서 오랫동안 박수로써 노시인에 대한 감사와 존경의 마음을 나타냈습니다. 김남조 선생님, 부디 강건하셔서, 오래 오래 저희들 곁에 함께 계시기를 기원합니다. 그날 낭독했던 김남조 시 「사막 15」 전문입니다.

사막이여
당신은 영험한 의사이니
나를 고쳐주십시오
명징한 거울이니
나를 비춰 주십시오
헐렁한 관용이니
나를 용서해 주십시오
천하의 무량함이시니
나를 채워 주십시오
눈뜨고 오래 기다린 새벽이니
푸른 새날로 오십시오
그러나 이를 거절하시어도
나는 당신을 바라보겠습니다
그저 그러고 싶습니다

아

아버지의 배추농사

아버지는 항상 옳았다 헌법이고 말씀이고 지침이었다

삼촌은 언덕배기 밭에다 무를 심자고 했지만 아버지는 배추를 심었다

그 해 배추는 똥값, 무값은 금값

서리가 내리자 배추밭은 죄다 갈아엎었다

우리 가족 누구도 아버지의 실패를 탄핵하지 않았다

"느 애비 따라서 배추농사 지은 이들 때문이여"

할머니가 판결하였다

아버지 제사

현고학생부군 신위 지방을 붙여놓고 절을 하다가 문득 아버지가 돌아가셨을 때 왜 그때는 눈물도 나지 않았었는지, 아버지는 왜 평생 자유당 이승만 세상일 때 민주당이란 델 들어가셔서 유석동지회 만들고 비료배급도 제때 못 받아 벼농사 망치고 면장님 궁시렁 뒷다마 소리 들어가며 미운털 인생을 사셨는지 그 야당 아버지 친구들 아버지 영정 앞에서 관우 장비처럼 엎드려 나라가 망하기라도 했는지 끄억끄억 목놓아 우는 거 보며 왜 비로소 내가 눈물을 따라 흘렸는지, 하관하고 에헤여 디여 봉분 뗏장 다 입히고 다독이고 돌아와 아버지 거처하던 방 유품 태우며 육십이면 살만큼 사셨지 했었는데, 헐 어느새 그 나이를 훌쩍 넘긴 나는 장수하고 있구나 놀래는데, 이 풍진 세사앙을 만나쓰니 너에 히망이 무어시냐 아버지가 술 한 잔 거나해 부르는 그 소리가 들리면 왜 그때마다 할머니는 서둘러 애비 온다 자리 펴라고 하셨는지 지금도 궁금합니다 어느날 아버지는 그 노래 대신 나물 머꼬 물 마시고 하늘 아래 누우면 사나히 살림살이 이만하문 됐잖냐 부르시더니 그만 장마당 마실 가듯이 떠나셔서 아버지 없는 집에서는 두 번 다시 그 노래 듣지 못했습니다 오늘 잔 올리고 음복하면서 마음속으로 내가 대신 아버지의 그 히트곡을 불렀습니다

억울해하지 마라

비둘기는 평화의 상징이라고
배웠다 중학교 때까지는
까치가 울면
반가운 손님이 온다고
문 열어놓고 기다렸다 고등학교 시절에는

비둘기 먹이 주지 마세요
개체수가 늘어나니까요
까치는 해조라지요

비둘기야
까치야
억울해하지 마라
영원한 가치는 없다
세상의 기준은 달라지는 법

열하시熱夏詩 두 편

적

한밤중 울부짖으며 잠자지 못하는,

잘 깨지는 등피같이 허약한

너의 전 생애가 흘린 피로

오리나무보다 더 잘 부러지는

맹종盲從 뿐인 우리들의 벙어리 지성知性을

어지러운 멀미로 소리내어 신음하지만

이미 너의 발병發病은

거역이었다

전봉준

그는 아직도 꺼지지 않은 열화熱火 속에서 타고 있지만

내가 휘두르는 삽자루에

봉두난발 머리가 찍혀 나온다

좃대가리를 달고서야 겨울 한천寒天 눈 부릅뜨나니,

들판을 질러나가는 항거의 말발굽소리가 들리느냐

미쳐서 미쳐서 죄罪를 짓드키

잡아먹은 양식良識의 역사 속을

무엇으로 빛내리요 법法부터 앞선

다스릴 수 없이 몰려다니는

무식한 민중들아 무식한 민중들아

(1987년)

오만한 생각

그의 평전을 읽느니 그의 시집 한 권을 읽겠다
그의 시집 한 권을 읽느니 그의 시 한 편을 외우겠다
그의 시 한 편을 외우느니 내 시 한 편을 쓰겠다

이렇게 오만한 생각을 하고 있으니
평생 갇혀 지내겠다 그의 시 한 줄 속에

왕십리 살아요

사람들이 어디 사세요 물어 보면 좋겠다
왕십리 살아요 이렇게 대답하고 싶어지니까 강남 살 때 복닥복닥 시끌벅적 쑤군쑤군 은근슬쩍 썩어가는 무리 속에 끼여 살다가 아파트 평수 자랑 벤츠 비엠따블유 자동차 하버드 나왔네 예일 출신이네 공은 몇 개 치세요 핸디8이네 어쩌구 이런 동네와는 다르다 왕십리는

한 정거장 전에 내려 재래시장 시장골목으로 들어가 흙묻은 부추 벌레먹은 상추 파는 가게 들른다 왠지 연산군이 유배가서 위리안치 당하던 강화도쯤이나 어린 단종 영월쯤 될라나 지금도 배추밭 똥지게 냄새라도 날 것 같아서 더 좋다 원래 나는 촌놈이니까 그러세요 교통이 좋지요 하고 맞장구치며 관심을 보이면 왕십리 하고도 행당동에 살아요 행당동? 피아노 건반 도미쏠 소리가 난다 기타 줄을 손톱으로 뜯는 음높이다 행당동 하고 다시 한 번 강조한다 아파트 이름이 글쎄 서울숲 아파트라니까요 서울숲 으스댄다

아파트 몇 층에 사세요 물어 보면 좋겠다
얼른 이층에 살아요 이십층이 아니고 이층이에요 십오층 고층이

지만 이층을 강조한다 아침 잠에서 깨면 바로 창밖에 모과나무가 보이고 목련이 핀다니까요 창으로 들어오는 바람 따라 가끔 새도 날아 들어온다구요 처음엔 엘리베이터 타고 올라가는 삼층 사층 오층 십층 이십층 사람들이 부러웠지요 삶의 무게에 짓눌릴까봐 걱정도 했지요 그런 걱정은 뚝 사각사각 종이 자르는 소리 티브이 보며 음음음 헛웃음 짓는 소리 으아앙 하고 갑자기 들려오는 아기 우는 소리를 들으며 잠을 자요 사람 사는 집구석이라면 응당 들려오는 인간의 소리지요 왕십리에서는요

이름

들풀도 들새도 없다

시인들은 참 웃겨요 이름이 있거든요

세상에 무명초는 없다

물론 무명시인도 없고 무명작가 무명가수도 없는 거다

그런데 세상에는 왜캐 자칭 무명시인이 많냐

이름 지어준 그 아버지 그 할아버지들

되게 화나겠다

꺽지 둔치 우럭 도다리

못 생긴 물고기도 모두 이름이 있거든

애기똥풀 며느리밑씻개 쥐오줌풀

응달에 피다 죽는 꽃들도 이름이 있거든

일구팔팔 유월* 그날

석간신문이 배달된다. 그리고 잠시,

검은 헤드라인이 침묵을 요구한다. 창 밖에

바람이 분다. 1988년 6월 어느 날

돗수 높은 안경을 쓴 젊은이 한 명이 지나간다

길모퉁이 바람은 겨드랑이로 파고들고

신문 속보판 앞에 몇 사람이 서 있다

로터리 건널목 화장품 할인가게 앞

푸른 신호등이 켜지면 행진하듯 사람들이

뛰어 건너간다. 고가도로를 타고 온 버스 한 대가

기다리는 사람이 오지 않는 사람들 앞에 선다.

북쪽으로 난 창 먼발치 산은 머리를 풀어헤친 채

기지개를 켠다. 오늘 우리는 뺨을 한 대 맞는다.

(1988년 6월)

*유월항쟁 때, 정동 경향신문사에 재직하고 있었다.

재미지니?
의사는 초면이라는데
구면이라고 말하는
아버지 이야기가

"얘야." 아버지는 딸에게 말했다.

"나는 인생을 두 번 사는 것 같구나."

"왜요?" 딸이 물었다.

"처음 보는 사람도 언젠가 본 것 같고 처음 가보는 곳도 언젠가 가본 곳 같다. 꿈도 꾼 것을 또 꿔. 책도 읽은 것이고, 신문도 이미 본 것이구나."

"그럼 병원에 가보세요." 딸이 말했다. "정신과 의사를 만나 이야기해 보세요. 사람들이 그러는데 정신과 의사들은 다 좋대요." 그래서 아버지는 병원으로 가 정신과 의사를 만났다.

"어서 오세요." 의사와 간호원이 활짝 웃었다. 처음 보는 사람들이 아니었다. 그런데도 아버지는 여기는 언젠가 왔었다고 생각했다.

"또 왔습니다. 선생님." 아버지가 말했다.

"그래, 요즘은 어떠세요?" 의사가 물었다. 그는 먼저 와 보았을 때처럼 흰옷을 입고 있었다. 간호원도 흰옷을 입고 있었다.

"안 좋아서 왔습니다." 아버지가 말했다.

"보호자와 함께 오시지 그러셨어요." 의사가 말했다.

"내 보호자는 없어요." 아버지가 말했다.

"나는 아이들의 보호잡니다."

"자제분들과 같이 오시죠."

"아이들이 어떻게 내 보호자가 된단 말입니까?"

"하긴 그렇군요." 의사는 종이에 뭔가 적어 넣으며 말했다.

"걱정하실 건 없습니다."

"먼저 왔을 때도 그런 말씀을 하셨습니다."

"아뇨." 의사가 웃었다. "우린 초면입니다."

진찰실을 나서며 아버지는 "젠장" 소리만 연발했다. 딸의 말대로 정신과 의사는 좋은 사람이었다. 그는 자아의 분열 증상에 대해 이야기했다. 자아란 현재라는 시간성 속에 통일되어 있다. 아버지는 병원 본관 건물 벽에 걸려 있는 큰 시계를 올려다보았다. 그의 팔 길이만한 초침이 현재를 끌어가고 있었다. 젠장! 언젠가 그 큰 시계 밑에서 흘러가는 순간을 아버지는 이미 만났던 것 같다.

재밌니? 내가 친구들에게 이야기하는 레퍼터리들은 대충 이렇다. 낮에 직장에서 교정을 위해서 읽었던 어떤 소설에서 읽은 이야기를 훔쳐온 것이다. 아버지라는 사람이 실은 나 자신일 수 있다. 아버지의 정신병 증세, 고독감, 아버지의 정신병을 치료해 주는 정신과 의사의 고독감, 딸의 방심, 아버지의 발병에 대해 사무적으로 건성건성 대하는 딸의 또 다른 정신병, 그리고 고독…. 누가 더 고독한가를 물어 보고 싶었다.

오늘 낮에 읽은 또 다른 소설도 흥미가 있는 이야기다. 우리가 "김가" "이가" "박가" 하고 성을 부르듯이 우리들의 이름에 고유번호를 매기는 게 어떠냐는 것이다. 야 185748번! 너 어제 28342번 만났다며? 아녜요, 28342번을 만난 게 아니라 28432번을 만났어요! 어때? 지금 우리는 이름을 제각각 부르고 살지만 이미 이름에 걸맞는 개성이나 캐릭터 따위를 걷어차 버린 상태인지도 모른다. 만복萬福이란 사람도 이름대로 만복은커녕 단 한 개의 복도 구하지 못하고 산다. 비룡飛龍이? 웃긴다. 하늘을 나는 용이라면서 매일 지하철을 타고 겨우겨우 1층 사무실에 나와 그럭저럭 월급이나 받아먹고 사는 주제이다. 엄청난 과대포장이다. 그 옆에 앉아 있는 너도 마찬가지다. 정숙貞淑하라고 지은 이름인데, 뭐냐 바지는 잠잘 때 입고 벗는 게 불편해서 아예 플레어스커트로 돌아다니는 게 정숙한 이름을 가진 사람의 행동거지란 말이니?

이러한 내 주장은 곧 역습을 받는다 좌충우돌 침이 튀는 험한 말싸움을 벌여 방심을 하고 있으면 허를 찔린다. 다시 역습, 이번에는 완전한 논리적 무기로 상대의 허를 찌른다 물론 술잔은 계속 우리들의 싸움에 기름을 붓는다.

자

자본주의 치킨 1

날갯짓 한 번 못해 보고 죽었어요
억울해요

하느님이 주신 수명은 십 년도 넘는데
달랑 삼십 일만에 생애를 끝냈다구요.
인간의 한 끼 탐욕 한 끼 미식을 위해
야들야들한 최적의 식감을 위해
염지鹽漬 처리 잘 된 육백 그램 8호* 신분으로
케이에프씨 비비큐 교촌 호식이는
홀딱 벗은 알몸으로 식탁 위에 올랐어요

아 맛있다 양념치킨
군침이 돈다 후라이드 치킨

날갯살부터 골라잡는 여러분
기름투성이 튀김옷 입은 시체라도 괜찮으시다면
마음껏 처먹으십시오
생닭들이 외치고 있어요

*치킨 집에 납품되는 염지닭 규격. 생후 30일쯤의 염지닭.

자본주의 치킨 2

치킨은 살 안 쪄요
이런 거짓말에 속아
지금 맛있게 뜯고 있는 치킨 한 조각은

이십사 시간 내내 인공조명 인공사료 덕분에
초스피드 통통 살이 찐 육계가 되어 살신했어요

근육은 없어요
촌닭들처럼 집안팎 마음껏 뛰어 보지도 못하고
평생 에이포 용지 한 장 크기만한
무창無窓 계사 공간에서
똥냄새 화학약품 냄새 계사에 갇혀서
날갯짓 한 번 못해 보고
모래 목욕 한 번 못해 보고
실신했어요 삼 초만에

치킨은 살 안 쪄요
지금 맛있게 뜯고 있는 치킨은
살쪄요

잘 가 –송덕수* 시인 조시

자네도 그 강을 건너고 말았군 그래
한 번 가면 다시 돌아올 수 없다는 그 강을
작별인사도 없이 그래 뭐라고 한 마디도 남기지 못하고
자네도 건너가고 말았군 그래
평생 아우 보살피듯 내 손을 잡아 주더니

이게 뭐란 말인가 항암치료 받아야 한다고
문병 간 내게 남 이야기하듯 대수롭지 않게 말하더니
이게 뭔가 세상엔 해피엔딩 반전 스토리도 많더만
장례식장으로 오라는 초청장이 뭐란 말인가
영정 속 환한 그 미소는 또 뭐란 말인가 자네

저 젊은 시절 월남고참병 자네가 신참병 나를
맹호부대기갑연대 16번 도로 적군 묘지로 데려가서
M16 소총을 내려놓고 그 적군병사들 무덤 앞에서 말했었지
이 증오, 이 원한, 이 비극 우리가 어떻게 감당할 수 있을까
순한 사슴같은 여린 마음 천생 소년인 자네는 지금
다시 그곳으로 찾아가 용서를 빌고 있겠군 그래

이제 나는 알겠네 병의 완치는 죽음뿐이라고

몸 상태 묻는 나에게 사소한 일상처럼 대답하고는

그래 앞서거니 뒤서거니 지구별에 머물다가

떠난다는걸 아무렇지 않게 일깨워 주고는

평생의 우정이 형님 같았던 오지랖 들이대는

미처 나누지 못한 마지막 인사 이제 내가 하겠네 자네

잘 가게

*송덕수 시인은 1969-1970년 베트남 맹호부대 전우다.
건국대 경제학과 졸, 〈한국시〉로 등단. 더 케이호텔 북경 사장 등 역임.

재개발공사

매일 아침 해머소리가 들려온다
무너뜨리기 위하여 5층 빌딩 이마에 대못을 박아놓고
인부들이 쉬며 은하수* 한 대씩 피워 문다
매일 저녁 퇴근길에서도 보인다
육중한 철근 거대한 돌 주추 발기발기 찢어진 채
그 건물은 완강하게 버티더군

오늘 중으로 꼭 해체해야지
현장소장은 굳게 입을 다문다
빨리 새집을 지어야 할 텐데
헐리기도 전에 설계도는 몇 번씩이나
고쳐졌는걸 빨리 해체해야지

새로 지은 집에는 유리벽을 해야지
안이 속속들이 보이게 유리벽을 하고
작은 소리도 다 들리게 통풍에도 신경 써야지
주인이 편하게보다는
손님들이 더 편하게.

(1989년 2월)

*1980년대 인기 있던 값싼 담배 이름

전어를 먹으며 -외포리

여름 더위가 가니 전어가 왔다
아니다 전어 떼가 날카로운 꼬리와 지느러미로
여름을 몰아냈다 오늘 외포리 수산시장에서
가을보다 먼저 온 전어를 먹었다

전어가 맛있는 것은 살이 아니라 기름이다
여름 더위 속에 크고 작은 파도와 싸우느라고
용을 써댄 기름이다

기름은 동력이다
이뻐지려고, 건강해지려고, 살 뺀다고
삶의 동력까지는 빼지 마라
전어처럼 살도 통통하게 올라야지….

전어는 자연산이다
억지로 꾸미지 않았다
시도 그렇다
살신봉양이다

집 나간 며느리가 돌아왔다는 소식은 아직 없다

죽어서도 별이 되지 못한 청년

-1962년 사형, 최영오 일등병을 위한

죽어서도 별이 되지 못합니다
그 일등병은 푸른 하늘 아래 잠들지 못하고
지금도 유령이 되어 구천 하늘 떠돕니다

스물다섯 살이었습니다
서울대학교 천문기상학과 다니다 입대하였습니다
최전방 사단 무반동총 소총수였습니다
유난히 별을 좋아해 천문학자가 되려던 청년이었습니다

우리가 만나는 날은 눈이 부시도록 맑게 갰다고
우리는 하늘과 바람과 별을 보며 사랑했다고
제대하는 날 숭인동 시외버스 종점에서 기다리겠다고
일등병에게 쓴 애인의 편지는 끝끝내 배달되지 않았습니다

탕
탕탕탕
탕탕탕

내무반에 울려퍼진 일곱 발 총성!

과연 사랑의 파괴자 인격의 모독자 선임병을 쏜 걸까요?
응징이었지만 용서받을 수 없었습니다
총살형으로 끝난 시대의 오발이었을까요?

멋진 제복의 군인아저씨는 소녀시절 로망이지만
군바리 애인을 둔 이 땅의 처녀들은 또 얼마나 마음을 졸여야 할까요?
탈영하지 않을까 관심병 사고나 치지 않을까

세월호보다 더 많은 세월이 흘렀습니다
민주군대는 아직도 남의 나라 이야기일까요?
내일 또 어디서 누가 쏘아댈지 아무도 모릅니다
정의를 위해, 인권을 위해, 나 자신을 위해

탕!
그러나 죽어서는 별이 되고 싶습니다

지하철 기다리며

이 나이가 되도록, 이 나이가
되도록 사랑의 열병을 앓는다니,
이건 사치병인가 난치병인가, 평생
고치기는 영 틀린 고질병인가,
담배 한 개비씩 줄여나가듯 사랑도
줄여갈 수 있다면, 그건 이미 불치의
중병이 아니다. 난치병이 아니다.
평생 고질처럼 안고 다니는
사랑이란 이름의 미망.
머뭇거림.
길을 못찾음.

오늘은 풀밭 같은, 비를 기다리는
불치병 그리움으로, 한 장의
녹색 헤드라인 아침신문을 들고
한 번도 궤도를 벗어나지 못한
지하철을 기다리며, 나도 마음의 레일 위에
한 자락 빛바랜 추억의 드레스를 입고
안개 너머 침침한 도시로 나서는데

아직도 이 나이가 되도록, 이 나이가

되도록 썼다 지우고, 다시 또 썼다

지울 일이 남아 있는 칠판 같은

한 편의 시를 쓰며 사랑을 열병처럼 앓고 있다니

(1986년 8월 5일)

지하철 타기 십 분 전

늦은 밤 막차를 기다리거나 새벽 첫차를 기다릴 일은 없다
스토리 없는 수필 같은 일상이다

십 분 간격으로 왕십리행 전철이 들어오고 반대방향으로 몇 분 간격인지 오이도행 전철이 지나간다 김씨인지 박씨인지 홀아비인지 이혼녀인지 돌싱인지 동성애잔지 변호사인지 도둑놈인지 사기꾼인지 정체가 궁금하지만 물어보지 않아 알 수 없다 신용불량자인지 기소중지자인지 억대 부자인지, 또 면접 당하러 가는지 맞선 보러 가는지 오만 가지 고민과 삶의 자물쇠를 채운 비밀 가득한 사람들 속에 섞여서 출근하고 출장을 떠난다

서울의 아침은 생각보다 길지만 휘딱 지나가고 왕십리의 저녁은 생각보다 짧지만 느리게 머문다 이런 액자 풍경 속에서 아는 사람을 만나면 어쩌나 어색하다 인사말을 준비하지 못한다 나는 그래서 가능하면 얼굴을 들키지 않으려고 허위의 가면을 쓰고 결재하고 지출 결의서에 도장 찍고 연락 접촉 협의 보류 고려 추후검토 조정 한다면서 회의하고 고치고 추가하고 첨부하고 다운받고 삭제한다 썼다가 지우고 지웠다가 쓰고 말허리 끊거나 좆같은 각주를 다는 일로 하루가 다 간다

막차를 놓칠까봐 발 동동 조마조마 통금에 걸릴까봐 마음 졸일 일은 없다 프리 완전자유 시대다 꽃놀이패 시절이다 늦으면 어때 지금 내 말인즉

(2010년 8월 10일)

작별은 짧게
침묵은 길게

서른일곱 살 때 쓴 일기③

우리는 이미 장수長壽하고 있는 셈이다. 꼭 유다같이 생긴 친구 녀석이 한 마디 한다. 그럼 그 말의 뒤를 이어 예수같이 수염도 깎지 못한 한 녀석이 아쉬운 표정으로 야, 니네들 벌써 헤어질 거야! 시시해, 시시하다구!

밤 열한 시. 지하철 정거장에는 많은 사람들이 열차를 기다린다 언젠가 읽은 오든의 시에 어둠 속에서 유령이 나타나듯 지하철에서는 사람들의 얼굴이 그렇게 나타난다는 시구를 떠올린다. 내 생각은 오든과는 다르다. 유령이라니? 한겨울에도 지하철 플랫포음은 이상한 열기를 내뿜는다. 엘이디 안내판에 수은水銀색 글자가 눈에 들어온다. 나는 꼭 그래야 하는 것처럼 늘 내일아침 조간을 사든다. 마치 미리 앞일을 점쳐보는 점술사처럼 그 신문이 내일 아침에 배달되는 신문이라는데 늘 유혹당한다. 윤상군 유괴 사건 장기 수사 체제로 돌입했다. 물가 연동제 실시. 이상 기류 형성. 월급쟁이에게는 50만원이 마의 세금 함정. 바닥 헤매는 증권 시장. 서울에 처음 등장한 스피드 건. 무슨 뜻인지 알듯 모를 듯한 헤드라인을 훑어보고 입속으로 중얼거린다. 별일 없었군. 아무 일도 일어나지 않았군. 치열한 전투를 치른 전선에서 날아온 '서부전선 이상없다'와 같은 뜻으로 내가 표절한 말이다. 그래, 오늘은 아무 일도 없었다. 더욱 고독해졌을 뿐이다.

잠시 후 환등기 같은 '꿈의' 열차가 온다. 오늘은 유령으로 만난 지하철 사람들을 나는 무성 영화 속의 배우들을 만나듯 그들 옆에 선다. 만원, 온갖 땀 냄새와 삶의 열기로 가득 찬 그들 가운데 외따로 팽개쳐진 낡은 샌드백처럼 내가 거기에 선 거다. 그렇게 집으로 돌아옴. 구겨짐.

차

창하리*에서

섬 하나 가두어 놓고

바다는 저 혼자 세상 풍파

다 막을 것처럼 착각하고 있다

창하리 포구 선착장

주차금지 입간판이

그 바다 노려보고 있다

*교동도 건너가는 도선을 타던 곳

첫사랑에게

봄이 오면
아주 통이 넓은 헐렁한 바지를 입고
동물원 구경을 가자고 했지 너는
또는 남행열차를 타고 가다가
어느 이름 없는 시골 간이역에 내려
밤새도록 그냥 지칠 때까지 걸어보자고 했지

봄이 오면
네가 생각 나 제비꽃처럼 애잔하게 생긴

이제 나도 늙어간다네
온 산하에 봄꽃이 피고 아지랑이 들녘에 가물거리는 날
복잡한 사무실과 다운로드와 인터넷 접속을 떠나
한 십 년 전에 죽은 내 첫사랑 네 무덤을 찾아
술 한 잔 따라놓고 백지 노트 한 권 두고
서울행 마지막 완행으로 돌아오고 싶다

태양이 한 마리 곤충처럼
밝게 뒹구는 해질녘,
세상은 한 송이 꽃의 내부

시에서 의인화擬人化는 놀라운 감동을 준다. "태양이 한 마리 곤충"이라는 식의 의인화는 추상적이거나 상투적이거나 관념에 빠질 위험에서 단박에 구해 주는 표현이다. 시를 잘 쓰려면 은유를 어떻게 잘 구사하느냐도 문제이지만 그것보다도 어떻게 자연스럽게 의인화한 표현을 하느냐도 시적 성공 여부가 걸려 있는 문제다.

지금도 또렷하게 기억하고 있다. 새해가 시작되면서 교보빌딩 벽에 내걸렸던 반칠환 시인의 시 구절이다.

황새는 날아서
말은 뛰어서 거북이는 걸어서
달팽이는 기어서 굼벵이는 굴렀는데
한 날 한 시 새해 첫날에 도착했다

바위는 앉은 채로 도착해 있었다

물론 이 시가 훌륭한 점은 의인화에 힘입은 바가 크다. 그러나 황새가 날고, 말은 뛰고, 거북이는 걷고, 달팽이는 기고, 굼벵이는 굴렀다는 표현에서 우리는 동물들을 생각하기보다 마치 그런 행동을 하는 '사람'을 모두 연상 했으니 '의인화'가 아니고 무엇이랴.

반칠환의 시에는 의인화에 멋지게 성공한 시가 여러 편 더 있다. 하나만 더 보자.

> 제비꽃 하나가 피기 위해
> 우주가 통째로 필요하다
> 지구는 통째로 제비꽃 화분이다

이런 시적 표현은 어떤가. 이 시에서 "지구 전체가 통째로 제비꽃 화분"이라는, 세상에 상상력도 이런 정도이니 놀랍다. 그러나 다시 생각해 보면 틀린 말은 아니다. 아이 한 명을 키우기 위해서 온 마을 사람들의 도움이 필요한 것처럼 길가의 작고 여린 꽃 한 송이를 피우기 위해서 흙, 공기, 바람, 날씨, 비… 이런 모든 것, 즉 온 지구가 필요하다는 것을 시로 표현한 셈이니까.

반칠환 시인은 의인화 표현뿐만 아니라 동화적 감성에서도 요즈음 보기 드문 뛰어난 시인 중의 한 분이다. 괜히 시가 어려워지고 있는 현대시에서 이런 동화적 감성과 의인화에 멋지게 성공한 시를 만나는 일은 반갑고 고맙다.

이 글의 제목으로 인용한 채호기 시인의 시 「해질녘」의 전문은 이렇다.

> 따뜻하게 구워진 공기의 색깔들

> 빌딩 창문에 불시착한
> 구름의 표정들

발갛게 부어오른 암술과
꽃잎처럼 벙그러지는 하늘

태양이 한 마리 곤충처럼 밝게 뒹구는
해질녘, 세상은 한 송이 꽃의 내부

타

텔레비전 없는 세상

엉터리 편파방송에 넌더리가 난다 텔레비전을 끄자 그래 보지 않으면 될 것을 왜 그걸 보면서 핏대를 세우냐 이거다 텔레비전을 끄면 심심할 것 같지 어렵쇼 전혀 그렇지 않다 온 가족이 텔레비전 화면을 바라보면 가족이 모여 앉아 있어도 대화가 없다 텔레비전이 들이대며 대화를 가로챈다

저녁시간이 온전히 돌아왔다 심야 쇼핑을 하거나 바로 가까운 영화관에 가서 독립영화를 본다 큰딸 작은딸 데리고 아파트 주변 숲을 산책한다 찜질방에 가서 하룻밤 데이트도 하고 강아지 데리고 나들이도 한다 주말판 신문들이 추천하는 책 특집에 나와 있는 책을 사서 읽는다 인터넷 검색하며 원고 쓸 자료도 수집한다 오래 찾지 못했던 친구들 초청해서 식사한다 막내아들 공부 하는 거 돕는다 큰딸이 빵 만들고 요리실습할 때 시식하며 가족 미식회를 갖는다 앞으로 살아갈 날이 살아온 날보다 많지 않다 텔레비전보다 다른 데 마음을 뺏기는 일이 좋다 세상이 상당히 달라보인다

텔레비전이 훔쳐간 시간을 되찾아온다 그 시간 속에 가족이 모이고 나를 위해 시간을 고스란히 사용한다 낭비하면 어떠랴 탕진한대도 후회는 없다 그래 책장 속에 처박아둔 장자도 읽어야지 지루함을 즐겨야지 안 그래?

묵호에서는
삶도, 철학도, 예술도
인문학마저도
모두 길가의 개똥입니다

사실은 그해 여름에 묵호에 가려던 건 아니었다. 서울 사람들에게는 무슨 로망처럼 정동진 일출을 보고 싶어 하고, 아내 역시 여행가자고 하여 정동진엘 갔었다. 자정 다 되어서야 출발하는 청량리발 정동진행 열차를 타고 새벽에 내려, 거대한 배 모양의 호텔까지 걸어 올라가 전국 어디서나 다 똑같을 일출을 본 다음에 내친 김에 부채살 해변인가를 걸어서 그럭저럭 묵호까지 가게 된 것이었다. 말하자면 묵호는 '어쩌다' 들르게 되었는데, 그 묵호에 홀리고 말았다.

장화 없인 살아도 마누라 없인 못산다? 이 무슨 생뚱한 말인가. 젊은 시절 다니던 대학교가 서울에서도 그 유명한 "마누라 없인 살아도 장화 없인 못산다"는 흑석동이다. 그런데 몇 십 년 만에 뒤통수를 된통 맞은 셈이다. "맞아 맞아" 하며 아내는 앞장서서 오른다. 조금 전 우리는 '모모의 하루'인가 뭔가 하는 커피 집에서 쓴 커피를 마시고 묵호시장에서 간단히 점심도 든 터여서 소화도 시킬 겸 어슬렁어슬렁 돌아다니다가 동문을 나와 언덕 위에 보이는 마을로 오르던 길이었다.

고만고만한 집들이 제 자리 겨우 비집고 들어앉아 있는, 이곳은 마치 박태순의 소설 "정든 땅 언덕 위"에 등장하는 마을 같았다. 마을 이름도 예쁘게도 '논골담길'이다. 마을은 제법 요모조모 구석구석 앙증맞은 골목들을 품고 있었다. 바로 그 논골담길 마을

입구에서 "마누라 없인 못산다"는 글과 맞닥뜨린 것이다.

논골담길 마을은 자기 배를 떡하니 갖고 있는 부자 선주들은 살지 않고 가난한 어부들이 사는 마을이다. 그 사실은 골목 담에 그려져 있는 벽화들을 보고도 단박에 알았다. 그런데 이 골목에서 다시 머리를 한 대 퉁 하고 맞는 듯한 글 한 구절을 만났다. "묵호에서는 삶도, 철학도, 예술도, 인문학마저도 모두 길가의 개똥입니다"라는 구절이다. 이것은 시며 문학이며 인문학을 주절대는 이들을 향한 통쾌한 질타이자 자유분방한 시적 고백 아닌가.

최근 별세한 이승훈 시인은 생전 인터뷰에서 이렇게 말했다. "내 시의 종말이 내 시의 목적이고 내 시의 목적이 내 시의 종말이다." 이 화두까지 들먹일 필요도 없다. 저 동해바다가 내려다보이는, 묵호의 작은 마을 언덕에 살지도 모르는 '시인'들은 이미 이런 점을 죄다 해탈하고 있는 셈이다.

파

평안하신가

–망우리 공동묘지

천수를 누렸거나
비명에 죽었거나
책상깨나 큰 자리에 앉아 떵떵거렸거나
공과금도 못낸 신용불량자로 살았거나
기독교를 믿었거나 천주교도였거나 절에 다녔거나
점 보러 다니고 무당 불러 굿을 했거나

이제 한 백 년 가까워오니
그게 그거 인생 뭐 별 거 있냐는 말 실감 나는군
이승에서 못다 이룬 꿈 같은 거야
살아생전 품었던 복수심이나 한 같은 거야
이제 다 생자들 몫이라는군
육신 염하고 고이 관으로 묻고 비석 세웠더니만
그 육신 썩어 물이 되고 바람 들어 한 줌 흙이 되었겠지

아하, 존재하지 않는 존재로구나

하늘에 흐르는 구름이불 삼아 머무는 풍경이로구나

고령박공 성산이공 나주나공 공주김공 전의이공
김해김씨 한양조공 풍양조씨
성주배공 양천최공 해주최공 배천조공 파평윤공 장주황씨

아들의 그 아들의 아들의 아들의 아들,
딸의 그 딸의 딸의 그 딸들 발길도 끊긴 지 오래
지금 이곳의 누운 여러분 모두 안녕하신가

안녕하지 못한 이승의 내가 물었다

풀밭에서

멸망해가는 모든 것은 아직도
아름답다. 그대의 풀밭 같은 영혼은
아직도 슬픔의 페이지 속으로
소나기처럼 젖어 오느냐
그대의 흘리다 만 눈물을 위하여
사랑이 언제나 그 눈물 속에 이슬처럼
둥둥 떠다니다가 사라진다면
그 사랑은 아직도 아름답다

풀 뽑기

풀을 뽑는다
하루갈이 밭이랑이 천 리보다 멀고
잡초는 척박한 땅에서도
떼를 이루었다

어떤 풀을 뽑아야 하는지
어떤 풀이 뽑히는지
어떤 돌이 잘려나가는지
그냥 무심히 철철 비를 맞으면서
하루 종일 풀을 뽑는다

어떤 풀은 고분고분 뽑혀나오고
버려지고 잊혀지고 짓밟히고 뙤약볕에
온몸을 버리고 시든다
어떤 풀은 뿌리가 깊어
줄기가 끊어진 채 피를 흘리고
어떤 풀은 풀잎소리를 내며
낫날을 피해 가을이슬을
엎드려 기다린다

섬처럼
살아야 할 때가
있다

세상살이 힘들고 복잡하게 꼬이면, 하루하루가 게 팍팍할 때면 세상 여러 인연들과 동떨어진 곳으로 숨어 버리고 싶을 때가 있다. 그래서 '섬'은 삶의 도피처로서 곧잘 상징된다. 낡은 관습 때문에, 두 사람 앞에 놓인 운명 때문에 이루지 못할 사랑을 하는 연인들이 숨고 싶어하는 장소도 섬이다. 내면에 쌓이는 고뇌를 서랍 속의 잡다한 물건처럼 정리하고 싶어질 때도 시인들은 섬을 떠올린다.

말하자면 섬은 은신처인 동시에 엉망이 된 영혼의 재생을 준비하는 부활의 장소로 떠올려지는 장소인 셈이다. 최근에는 섬이 많이 사라지고 있다. 개발이라는 이름으로 계속 다리를 놓고 제방을 쌓기 때문이다. 무의도나 교동도, 대부도, 안면도, 거제도, 선유도… 같은 섬들은 이제 더 이상 섬이 아니다.

'섬처럼 살아야 할 때가 있다'는 시구로 시작하는 시의 제목은 조온현 시인의 「애기똥풀꽃」이다. 내가 두서없이 '섬'에 대해 쓴 이런 저런 걱정은 이 시를 제대로 이해하지 못한 착각일 수도 있겠다. 차라리 착각이면 좋겠다. 조온현 시인은 "살다 보면 섬처럼 살아야 할 때가 있다"는 화두를 슬쩍 던져놓고 "애기똥풀꽃이 하나둘 바람 속에 피었다"고 쓰고, 그 꽃들이 하나 둘 별똥별 아래 잠들고 있다고 마무리하였다. 그러니까 노란 초저녁 별=애기똥풀꽃=별똥별로 이어지는 자연의 모습에서 조온현 시인은 작은 생명 하나도 우주가 방치하고 있지 않다는 것을 발견한 것이다. 아무쪼록 애기똥풀꽃 한 포기도 무심하게 지나치지 않는 조온현 시인의 세상만사가 잘 풀렸으면 한다.

「애기똥풀꽃」은 월간시문학회 2018앤솔로지 『사랑을 말하다 시대를 그리다 2』에 수록되어 있다.

살다 보면
섬처럼 살아야 할 때가 있다
애기똥풀꽃 하나 둘 바람 속에 피었다

세상에 태어나는 곳
섬 아닌 곳 어디 있으랴
태어날 때
조막손 꼭 쥐고 울었던 것은
섬이 될 줄 알았던 것일까
노란 꽃이 초저녁 별 같다

홀로 지지 않는 꽃 어디 있으랴
태어난 것들은 하나하나 별똥별
애기똥풀꽃 하나 둘 잠들어 간다

하

함락

-사이공, 1974

첫째날 오후 -시가전

우리들이 그 마을에 이르렀을 때, 마을은 이미 점령된 뒤였다 마을을 둘러싸고 있던 보루는 여지없이 폭파되어 있었다 주민들은 모두 학살되어 주검들만 내버려져 있었다 마을에는 매일 누구도 해독할 수 없는 이상한 삐라들만 뿌려지고 아직도 투항하지 않은 또 다른 도시에서 들려오는 박격포 소리만 요란하였다

그 여름은 아홉달 동안이나 끝나지 않았다 아직 끝나지 않은 죽음의 처형과 소탕의 기총소사 소리가 마지막 보루를 지키려고 맺었던 어떤 동맹도 삶의 약속들도 허망하게 짓밟아 버렸다

둘째날 새벽 -소년

마을은 속부터 시커멓게 타고 있었다 타면서 불똥을 튀기는 발들로 사람들은 모두 총상을 입고 있었다 "나를 쏘지 마세요

살려 주세요 종을 쳐야 하니까요" 마음에 아직도 남아 있는 교회당 앞에서 종지기 소년은 비명을 지르고 있었다 어둠 속에서 칼 같은 게 번뜩였다 칼은 무시무시한 힘을 싣고 있었다

"아버지, 종을 쳐야죠"
"아버지, 구조를 요청해야죠"
"제일 급한 건 뭘까요?"
"등화관제를 하는 거겠지"
"무너진 보루를 다시 구축하는 거겠소?"
"아니면 변절자를 잡아서 처단하는 걸까요?"

아이들은 교회당에 올라가서 종루에 남아 있는 그래도 소리 좋은 종을 치겠다고 주장했다 어른들은 모두들 지하동굴이나 다락방 같은 데 숨어 쑤군쑤군 당황한 모습을 감추려고 애썼다

둘째날 오후 -재판

매일 재판은 계속되었다 배심원들은 매일 지각을 했으나 아무도 그들이 왜 늦게 오는지 알아차리지 못했다 사람들은 배심원들이

무엇을 하는 사람인지 왜 이 재판에 배석해야 하는지 몰랐다
재판이 계속되는 동안 배심원들은 빠짐없이 재판에 참여했고
사람들은 여전히 배심원들이 '있는지' 몰랐다.

"이 사람은 무슨 죄가 있나?"
"사치한 말로 사람들을 속인 죄."
"시인이군 그래."
"자기 죄를 시인했어."
"사기 쳐서 돈은 많이 벌었나?"
"돈 대신 바람을 벌었지. 저 봐, 하늘로 둥둥 뜨는 걸 보라구."
"그럼 큰 죄를 졌군."

셋째날 –마지막 풍경

아아 이 풍경은 잔인하다.
이 여름은 잔인하다.
무수한 총소리가 나고, 그 뒤에
새가 우는 소리가 들려왔다.

내가 그 마을을 떠나려고 할 때 우리들이 포기할 수 없다고 믿는 구체적인 신념이 힘이 될 수 없음을 보았다 마을은 이미 소탕된 뒤였고 주민들은 주검들조차 보이지 않았다 망가진 마을 어느 집안에 굳게 쇠 채운 안마당에 세워진 바람개비만이 삐걱대는 소리를 내고 있었다 부서진 라디오에선 아무런 음악도 들리지 않았다

행복* -노숙자 김씨

저녁에 돌아갈 집이 있는 사람은 행복하겠다
방안에는 집밥 냄새 가득하고
빨랫줄에는 속옷들이 뽀송뽀송하겠다
웬수 덩어리 귀신은 뭐하길래 안 잡아가누 하며
고단하게 잠든 가족들 얼굴에는 삶의 신호등 같은
암호가 적혀 있겠다

아침에 갈곳이 있는 사람은 행복하겠다
쥐꼬리 같은 수입이라고 자책하지 마라
로또 대박이나 꿈꾸며 짜증나는 꼰대들 틈에서
때문에 때문에 때문에 네 탓 세상 탓 궁시렁거리더라도
할 일 있으니 그게 살맛이겠다

안부 물어오는 친구 한 명이라도 있는
사람은 행복하겠다
뭐해? 괜찮냐? 궁금해서 보낸 거니까 신경 쓰지마
이딴 문자 별 내용 아니라고 걍 씹지 마라
작은 관심이 사랑이다
그 사랑이 바로 네 구원천사다

*서울역에서 만난 노숙자 김씨가 들려준 말을 옮겼다.

유서를 닮은
일기나 쓰고
자자

서른일곱살 때 쓴 일기④

집에 돌아오면 늘 몸이 축축하게 젖어 있다. 식은땀이다 차츰 퇴화 증세를 보이는 거예요. 한 마디로 아내는 나를 꼼짝 못하게 한다. 그럼 나는 보링을 할 때가 돼간다는 얘기렷다. 내 방에서 콤마와 같은 문장부호를 찍듯이 쉬엄쉬엄 시간을 보낸다. 여긴 내 집이다. 누가 쫓아올 사람도 없다. 긴 말없음표를 찍는다. 침묵, 고독, 고독의 파편, 고독의 전리품. 나는 고독의 상습범이거나 전과자이다. 이런 쓰잘데기 없는 생각들이 꼬리를 문다. 시간도둑들 때문이다. 다시 말없음표. 그리고는 우리가 아까 마셨던 소주잔의 투명함과 맥주 거품의 순간적인 흰꽃을 생각해낸다. 술자리에서는 모두 무정부주의자들처럼 떠들어댄다. 술을 마시면 모두 의적 일지매나 로빈후드가 된다. 오늘은 여기서 끝이다. 마침표를 찍어야지. 이 연극을 끝내야 한다. 판토마임처럼 밤으로의 긴 여행을 떠난다. 생의 마지막 하루처럼 유서를 닮은 일기나 쓰고.

민윤기가 짓거나 엮은 책들

1974 유민(시집, 동서문화사)
1987 사랑 먼저 할래요(햇빛출판사)
1988 슬픈 우리 젊은 날; 대학가 낙서시집(엮음, 오늘)
1991 일본인이 앞에서 뛰고 있다(하늘)
일본상품 세계 공략 히트비화(하늘)
1992 그럼 지구는 누가 지키지(하늘)
1993 이야기 청빈사상(하늘)
1997 빗자루를 든 사장님(비상구)
1998 사랑할수록 희망이 보인다(비상구)
1999 일본에는 여자가 없다(하늘출판)
일본에 가면 뭔가 재미있는 일이 생길 것 같다(하늘출판)
그래도 20세기는 좋았다(오늘)
2002 없는 이의 행복 ; 방정환 미공개 수필(발굴작업, 오늘의 책)
2003 청년아 너희가 시대를 아느냐(중앙M&B)
슬프거나 우습거나 ; 소파 방정환의 어른을 위한 동화(엮음, 인디북)
2004 부자로 성공한 일본사람들(풀잎문학)
2005 할머니가 들려주는 재미있는 옛이야기100(자유문학사)
가족이 희망이다(오늘)
2012 산애미친山愛美親(문화발전)
2014 소파 방정환 평전(스타북스)
2014년판 연간지하철시집(사화집, 문화발전소)
2015 시는 시다(시집, 스타북스)
2015년판 연간 지하철시집(문화발전소)
2016 2016판 연간지하철시집(사화집, 스타북스)
2017 삶에서 꿈으로(시집, 문화발전소)
박인환 전시집(발굴작업, 스타북스)
2018 노천명 전수필집(발굴작업, 스타북스)
노천명 전시집(발굴작업, 스타북스)
못다 핀 청년시인 ; 이 상 윤동주 박인환(엮음, 스타북스)

민윤기 제4 시집
서서, 울고 싶은 날이 많다

초판 인쇄 2019년 6월 1일
초판 발행 2019년 6월 5일

지은이 민윤기
펴낸이 김상철

펴낸곳 스타북스
등록 제 300-2006-00104호
주소 서울특별시 종로구 종로1가 르메이에르 1714호
전화 02)723-1188
팩스 02)735-5501
이메일 starbooks22@naver.com

ISBN 979-11-5795-459-9 (03810)

이 도서의 국립중앙도서관 출판예정도서목록(CIP)은
서지정보유통지원시스템 홈페이지(http://seoji.nl.go.kr)와
국가자료공동목록시스템(http://www.nl.go.kr/kolisnet)에서
이용하실 수 있습니다. (CIP제어번호 : CIP2019019431)

값 10,000원